Letters from the Country

農莊生活樂陶陶

瑪莎・波頓 著
薛楨麗 譯

宜高文化

CONTENTS

目錄

CONTENTS

目錄

夏天

CONTENTS

目錄

秋天

CONTENTS

目錄

冬天

前言

當我十五年前搬到鄉下住的時候，正將滿三十歲；成年以來，我多半都過著衣履光鮮的生活。我當過加拿大全國性新聞周刊「麥克林」雜誌（Maclean's）的人物版編輯，經常採訪名人、演員、作家、音樂家、詩人和政客。由於這樣的工作性質，我甚至還享有一筆治裝費，因為單靠記者的薪水永遠不夠應付那麼多的場合，包括大使館的宴會到影展。

年輕氣盛的我，會對「下鄉」的想法嗤之以鼻，我不可能拿和蘇菲亞．羅蘭喝雞尾酒的機會，去交換一穀倉的綿羊；童年對馬的熱愛，也頂多讓我看懂皇家冬季農業展和女王盃賽馬的開幕式；觀賞電視影集「客串農夫」（Green Acres，譯註：風行於七〇年代的喜劇，男主角是一位來自紐約的富翁，搬到鄉下當農夫，但他的妻子卻一心想回紐約）時，我認同的是伊娃．嘉寶（飾農夫的妻）。

但情況會改變。有天我和一位地產經紀人，開車經過安大略省西南面的鄉間，就是靠近林山鎮（Mount Forest）的地方，我們停下車，我發現自己走在一座好大的維多利亞式農莊數百公畝的起伏丘陵和林地上，接下來，我只知道自己已經在某文件的虛線上簽名畫押，並辦理貸款手續。我陷入了情網。

桃花源似乎近在身邊，此刻，我的夢變成一只信封，將現實世界遠遠拋在外邊。我盤算著，借重現代資訊科技，作家所需的工具，也不過如一瓶紅酒和一份火腿三明治那般方便攜帶，只要有鍵盤、傳真機和數據機，任何小村落都可直通全球。我估計在鄉下可以生活得很便宜，種些健康的食物，寫作，賺些錢養綿羊。我只養綿羊，因為對我來說，牠們的個子比較小、容易管理，而且也不咬人。

書本可以讓人獲得知識，可是知識並不能讓人嫻熟農事，我在圖片上看到的是花啦、樹啦、新生的小動物搖晃著小腳步，小羊在田野裡嬉戲，還有剛剪過草的香氣。而事實卻是財務赤字和狂犬病，某隻小羊就是勝不過病魔。這有點像蓋瑞森・凱樂（Garrison Keillor，譯註：美國廣播主持人兼小說家，擅講小城故事，風格嘻謔參半，作品常見於紐約客、哈潑等雜誌）與史蒂芬・金（Stephen King，譯註：美國最暢銷的驚悚小說家）之間的差異，或是「靈犬萊西」與「稻草狗」（譯註：Straw Dogs，台譯片名「大丈夫」，達斯汀霍夫曼主演）之間的差異。只不過在那中間灰色地帶，我還是能尋找盈餘，並保持神智正常啦。

多年來，我未曾提筆寫自己的農場生活，因為我忙著犯錯，又忙著從錯誤中學習。我的鄰居，即這本書裡的人物，依然是我最好的老師；當初要打入他們的圈子，卻也曾經是我的第一道難題。

我的農場，無論從地理上或從文化上看，都可以稱為「努南式農場」，或更精確地說，是「湯米．努南式農場」（Tommy Noonan，譯註：從愛爾蘭移民到加拿大的拓荒先驅），因為努南家族的後代分布在整個敏多鎮（Minto Township）上，那些愛爾蘭拓荒者的後裔於一八五〇年代定居此地，終於開闢出足夠贏得皇室封號的土地。與我的農場隔著八十多公頃土地、以及二座維多利亞式農莊的地方上，依舊矗立著悉心維護的「小愛爾蘭」墓園，拓荒前輩——努南（Noonan）、歐道爾（O'Dwyer）、山納翰（Shanahan）的墓碑連成一排，形成對過去的一種憑弔。

面對如此強烈的社會背景，初來乍到者想消除當地人的成見，與他們打成一片，絕非「買了一座農場」就可輕鬆過關，你必須收集資料、患難與共、加入社團、參加牲口展售會、舞會，還要打一手好牌。

關於鄉村新鮮人身世的種種，會像大宗物資一樣被熱烈交換，和大豆期貨差不多，只不過人們對細節不那麼認真罷了；個人觀察或揣測往往被當成事實，例如，我農場的前任主人是一位相貌堂堂的紳士，只在週末從城裡來此小住，他擁有「Dr.」頭銜，蓄鬍子，戴眼鏡，於是在鄉間，大家說他是精神病醫師，但實際上，他是一位生物學家。

而我，被描述成「想嘗試務農的作家」——消息很快傳遍了附近地區，我想我很讓他們失望，因為我老是問一些最基本的問題，像：如何堆乾草？養綿羊的農場該種什麼植物？我說的話既沒詩意，也不高貴。某位鄉民在牙醫診所的一本雜誌上發現我的文章之前，我沒有任何個人信用可言。

我住都市時，我唯一認識的鄰居是我的房東，鄰居們彼此不交談，也不談論別人的事，如果沒看過的報紙堆積在公寓門口，不會有人來管。但在鄉下，我若兩天沒去取信件，郵差連安就會開進我的私人小徑，以確定我是不是還活著。

我對這樣的好處深感安慰。

過了一段時間，我才習慣當我在自己的界線路（譯註：在安大略或魁北克二省，沿著測量線所開闢的鄉間小路叫界線路，用來將農地分隔成一塊塊的單位）上開車時，路人一定會注視著我的行蹤。但事實是，我自己在鄉間住了十五年之後，對鄰居的車子也瞭若指掌，光聽輪胎聲音即可分辨是誰。當他們開過我私人的小徑前，我都知道他們要往哪個方向，或許，還知道他們要去什麼地方呢。

如果你有一些小小的才能和意願去參與，鄉村的大門會向你敞開。一九八五那年，一個本地社團找到我，幫忙編輯敏多鎮的歷史，結果那是長達三年的愛心工作，編成了厚達五五五頁、有七百張照片的書——《敏多鎮的回憶：家族事實與傳說》，以加拿大的標準，它算是一本暢銷書了，但在鎮外卻沒有任何人聽說過這本書。回憶錄的力量可見一斑。

藉由這本書，我曾會見許多社區裡的長者，開始了解這片我將紮根之地，事實上社區的每一個人都需要認識我，他們覺得理當如此。我的檔案櫃裡有他們全部的家族歷史，無論我投注什麼樣的努力，都獲得了回饋，鄉民會教導我各樣事情——上至如何耕田，下至玩牌技巧。

老資格的牧羊人會教我有關綿羊的事，雖然我已到貴湖大學（譯註：University of Guelph，在安大略省東南部，以農牧研究出名）修過一些基本課程，還花了七年時間在西安大略綿羊產品協會當秘書，在那些會議中學到不少，但會後的點心時間，讓我學到更多。飼養牲口是一門應用科學，多花點時間和一位內行的農人在穀倉裡，將比研讀路線圖更有收穫。

我萬分感謝已故的亞立山達．「山迪」．羅斯，他是我的朋友和同行，是他向艾恩．布朗建議，我的鄉居閒話可以讓加拿大廣播公司（CBC）的「Later the Same Day」節目更生色，這些軼事趣聞以來自鄉間信件的形式推出，對象是任何對農場生活有好奇心的人。迴響很熱烈，因為似乎有無數的加拿大人，在他們過去的背景中，或他們未來的鄉村大夢裡，都有那麼一座農場存在。最終，我這些「信」，變成一份鄉間報紙的專欄，我發現自己的都市人憨態，頗能博得農人開懷大笑。過去幾年，藉著製作人萳西．華生的引導，以及主持人湯姆・艾倫動聽的聲音，我固定在CBC的「Fresh Air」節目裡出現。後來一些聽眾開始要求出書，我只好再去把高跟鞋挖出來，去見出版社的發行人金・雅瑟啦。

這些文章並非鄉居生活的道路圖，它們只是路標。我遇見的人總說他們想做我所做的事，但不知如何下手。

我的忠告是，如果你嚮往鄉間生活，就去做吧，去計劃吧，但不要計劃太久，人生苦短，而鄉下的生活有太多意外和驚喜，你的收穫未必是天堂，但除非你把信封打開，否則你也永遠不會知道。

——瑪莎・波頓

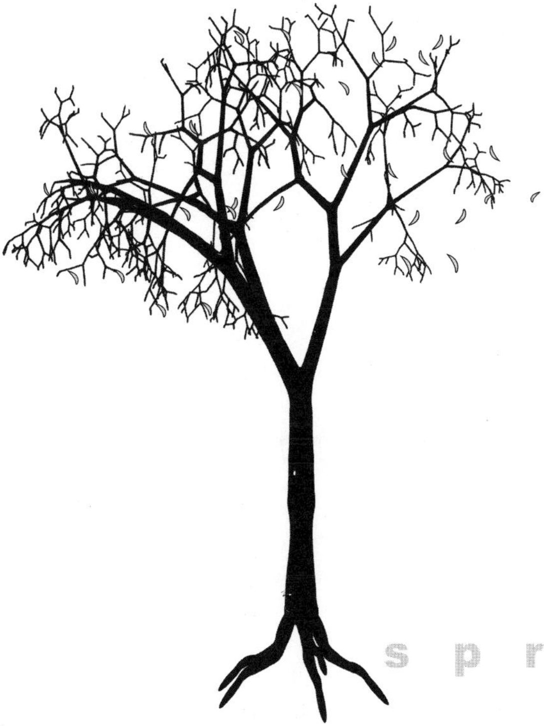

春天

spring

等待小羊

懷孕的羊似乎滿腹牢騷。從清晨我進穀倉，到睡前最後一輪巡視，聽到的盡是牠們埋怨的嘀咕。綿羊的天性並不壞，但臨盆前的母羊脾氣確實不大好。

我能體會羊可能也有情緒起伏，畢竟，如果我也要生雙胞胎甚至三胞胎，而且看起來活像吹得快要爆掉的棉花糖的話，我也會快快不樂的。綿羊的懷孕期平均一四八到一五二天。前面的一百天還如沐春風，但後面的三個月，寶寶不斷長大。我那堆「如何當牧羊人」的書裡提出一個頗為實際的通告，即百分之七十的成長，都集中於最後六週。現在，嬰兒們正在密集衝刺啦。

母羊好像每天都會變大一點，身子兩側的腫塊和乳房，在兩個月前還不太明顯，現在已腫脹起來準備出奶了。牠們不再踢腿（譯註：是羊或牛心情愉快時的動作），而是來回拖著走，就算急的時候，也只移動得稍快而已。

平日綿羊聽慣了我在院子裡的腳步聲，牠們會機伶地排隊等飯吃，但現在牠們看到我來，甚至懶得起身呢。倒不是牠們胃口不好，事實上基於身體變化，牠們需要吃更多飼料——「拜託，只要全麥穀片」。我加了些黃豆以增加蛋白質，又添了糖漿來增加美味。這些東西是用大量新鮮的水沖下去的，我敢說水多到可以把羊浮起來啦。快要生寶寶的母羊，飲水量是平時的四倍呢。

牠們吃的乾草一定是最高品質的，聞起來有夏日的甜美，又綠得足以當室內盆景，且以香醋調理。唯有這樣的食物才配得上我的羊媽媽們。由於體內的小羊佔據不少位置，母羊的反芻胃空間不夠，食物的品質就更形重要。一個老牧人曾傳授我他畢生的心得，不過是「餵飽牠們，而且要餵好東西」兩句話罷了。

我對羊兒如此憐惜，羊兒報答我的卻是懶懶的嘆息。我為牠們鋪床，牠們一副要找遍全世界的表情，好像牠們本該得到鬆軟的枕頭，而非簡陋的乾草堆。躺臥的動作，也得花點工夫，先是放下前膝，哼上兩聲，然後藉著地心引力與意志力的混合力量，折疊後腿，母羊調整腿啊、乳房啊，甚至腹內的寶寶們，直到一切令牠的前膝滿意為止。

不過需求總無止境，一隻希望我幫牠搔頭，另一隻卻在我大聲嘲笑一隻雞的滑稽相時，對我投以兇巴巴的眼神。有些喜歡切好的蘋果片，有的卻吐出來。總之，母羊的意見相當分歧。強勢的母羊監視著自己的地盤，牠們可以接受某些羊做鄰居，但對不喜歡的羊，牠們會推開對方。有的母羊鼾聲如雷，其中有些則發出大如爆破的腸胃脹氣聲。

年齡大一點的羊可以了解生育大事，牠們知道這是縱情大吃的機會，牠們知道我會原諒牠們的需索無度，因為很快地，我就會懷抱著新生的羊寶寶，而這一切都是值得的了。

信箱殺手

鄉下還保有信箱這種東西（譯註：這裡指用一根支架站在路邊的老式信箱，由於農家地大，從住屋走到信箱都有相當距離）。在我經歷農村生活的這些年，每每信件上有難以辨認的字跡，都是靠郵差連安這位解讀專家幫忙。如果我寄信或包裹時郵票貼得不夠，連安總是留個字條告訴我，他已為我補足了那些零頭，於是第二天我會把欠資放在信箱上等他來拿。我滿懷謝意，這才真叫服務呢。

你會相當依賴信箱。信箱幾乎成了路標，在暴雨或大雪的日子裡，老舊的信箱是忠實又熟悉的記號。

走到信箱的那段路真令人愉快——那是種悠閒的散步儀式，我會逗留久一點，察看樹梢的嫩芽、尋找春天的跡象，每年此時，去取信特別教人興奮，因為我訂的種子寄來了；在一月大風雪的日子裡，那些曾在型錄上看來美好的東西，如今成為一盒盒的驚喜。

因此當自家的信箱被砍掉時，感覺實在糟透了。但，這也是一個春天將至的訊號。

幾天前，我發現我的信箱像屍體般斷在路邊。在夜晚被砍信箱的不只我一個，信箱殺手意圖犯案累累。

我有半打信箱都是在最佳狀況被砍。起初我總是更換一些價值五十元、有小鳥圖案或穀倉形狀的可愛新信箱，但最後我學乖了，我會在本地拍賣會上，買下一些需要上漆的舊信箱存放著。

漂亮的信箱容易受害，帶凹痕或銹疤的信箱則較為長命。我認識一個退休的農人，他費了整個冬天用棒棒冰的棒子，做成一個中國寶塔型的信箱，結果只用了兩天，而且連殘骸都找不到。

對於年年春天損失信箱一事，我已逆來順受，但我的鄰居雪柔的信箱遭殃時，她組織了一個夜間巡邏隊。現在我們都叫她雪柔警長。

雖然信箱殺手每年只攻擊一個地區，但雪柔再也不願忍受她的新信箱被毀。她大半個夜晚都在界線路上巡視，等待惡漢來臨。居然他們也真的來了。

她費了好大勁兒，結果只知道破壞者開的是一部「有尾翼的黑車」。這是否意味著我們得防備蝙蝠俠和羅賓？

如果要求警察為鄉下信箱整夜守望，未免太荒謬了，於是我打電話去警察局請教對策，結果管信箱事件的警官說的是我已經知道的答案——「此事每年春天都有」。

他說了些偉大的廢話，例如「男性天性中的某種因素，令他們在春天幹這種事，這可能是一種成年儀式，或是荷爾蒙有問題。我們社會已文明到無法搶劫和強暴，所以他們把侵略性發洩在信箱上。」——多新的說詞！

這位警官印象最深的，是有次全區信箱都被毀了，而且全部被傾倒在教堂前面的草坪上，區域內只有一個信箱倖免於難。他表示：「連笨警察都不如的人，也知道那是哪一個啦。」

照這位警官的看法，沒人能為無法自衛的信箱做什麼。

你可以在信箱支架周圍砌石堆，在信箱四周焊上鐵條，但這樣做只是下挑戰書罷了。在這種案例中，人盡皆知不良少年都是以車子當進攻的工具，我一個鄰居曾試裝一個用電池的警報器，每當信箱被打開它就會有所反應，但這對耳朵實在是活受罪，尤其是對郵差。

警官的妙方是請鄰居們組織起來，進行集體防衛計畫。他的理想是「服務兼守護」，大家可將信箱電子連線，裝上爆炸物。當一個信箱被騷擾，電子裝置就會通知下一個信箱，並使它在三十七秒後爆炸，嚇跑罪犯。很好的構想！

我用一個橡皮棒，把我藍色舊信箱上的主要凹痕捅平，再用四寸螺絲釘把它牢牢鎖在支架上，然後有一天，我發現它兩側被擠壓，金屬上呈現嚴重的皺痕——又是暴力的犧牲品。可是這一次我沒有張揚。有人在傷痕累累的信箱內，留下殯儀館的廣告和一個空啤酒瓶，這才是最令人不舒服的。

這種犯罪模式繼續發生，我又有兩個好信箱成為「啤酒瓶暴徒」的犧牲品。其他鄰居無一人受此待遇。我開始花越來越多時間，在大白天觀察信箱、路人、自行車騎士，以及緩緩駛過的汽車。我有種感覺，似乎什麼膽小鬼想藉信箱之事釣我上鉤。我有狂想症？或許吧。反正住在一個能駐足聞玫瑰香氣的地方，並不代表你可以放鬆警戒。

鄰居們也同意，攻擊我家信箱、且總留個啤酒瓶做記號的奇怪現象，變得有連續懸疑性。雪柔和她先生吉姆教我的解決方式是，做一只木盒子套在塑膠信箱外面，剛好能安裝在支架上。每天郵差來之前，我將信箱送到支架上，一旦郵差來過了，我就把它拎進來。這帶給我極大的樂趣。換句話說，我的信箱是由一個不敢在光天化日下行動的膽小鬼送來的。而我享受一日兩趟散步到信箱的日課，沿途仍舊好整以暇地駐足瀏覽。

無聊男子

我考慮釣魚季開始時，在釣魚靴內裝上鐵腳（譯註：建築工人用來保護腳部的一種裝備，金屬材料，呈弧形，裝在鞋子裡的腳趾部位），以防萬一墨菲對龍蝦的說法是對的。

因為，有天我在林山鎮的皇家山旅館池畔暢飲時，聽說龍蝦正侵入我們的河床。這一切必須從麥克・墨菲說起。麥克絕非虛構人物，不知為何，我們也叫他「洗錢者」墨菲，他以前當鎮議員的時候，便有「貪污先生」之名。傳言墨菲的開銷直追市長，我們談的是超過八百元的餐費，包括修路會議上他點的一瓶白酒，那曾經是頭條新聞。

林山鎮像許多鄉下小城一樣，工廠開了又關，過去起伏有致的田野上，如今興起如雨後春筍的市鎮。地方性的公司成立，想讓本鎮登上地圖。當地報紙依舊買通警方，遮掩人犯姓名。社會新聞談的是週末社交圈。硬性新聞從未見報。

墨菲總有辦法經常上頭版，例如，幾年前他去看一個朋友，竟駕一架小飛機，試圖降落在犁好的田裡。最轟動的一次是他想坐木桶去墨菲水壩；水壩的位置距小鎮很近，壩高約三公尺，墨菲對水壩情有獨鍾，壩的名字是依據他一位親戚取的，因此他極為關心。

在一個好天氣，墨菲出門了。他弄來一個有鐵邊、裝了厚墊子的木桶，一絲不掛的坐在裡面，只戴一頂騎摩托車用的頭盔做為保護。

大約有一百人站在橋上，觀賞「無聊男子過水壩」。墨菲轟的一聲落水，因為水位相當低。墨菲被彈到桶子外面，此外一切都很完美。報紙登了好大的標題，同時也有不少讀者投書給編輯，討論是否該容忍議員乘坐木桶穿越水壩。

那年市議會甚至想通過一項法條，禁止市民乘坐桶子過水壩，不過，墨菲還是堅信此舉可使小鎮像尼加拉瀑布一樣，在地圖上露臉。

墨菲目前為本地一家垃圾處理廠工作。談到他的前世，他說他曾經是一名外籍傭兵，事實上，他聲稱自己是幾年前在多明尼加共和國參與掩護行動的二名外籍傭兵之一。但我似乎沒聽過那場戰役。

由於墨菲是個說故事的能手，聽他講故事是很自然的事。偶爾，他會講些有異國情調的故事，繼而佐以令人無法反駁的證據。這使人相信他所講的另外六個故事。

當他到皇家山小鎮，說龍蝦在索金河游來游去時，我對他還是信任的。有一次他焦急地咒罵著，因為他的一個拜把兄弟，被「自然警察」（環境保護官員）以「在不當季節捕龍蝦」的罪名給抓起來了。

據墨菲的說法，東岸來的龍蝦多年前就找到進入聖勞倫斯河域的通道，牠們漸漸移居到河水裡。牠們未能長成巨型龍蝦，是因為要適應淡水，限制了其生長，因此重量僅半公斤。政府自然會取締抓龍蝦，因為小鎮人口這麼少，他們不想讓商業捕獲過早開始。

墨菲曾答應帶一隻龍蝦給我。次日我打電話給自然資源部，結果換來官員在電話另一端的嘲笑。他們說索金河裡唯一能找到的新品種，是一種已滅絕的水獺，而最大的龍蝦僅十二、三公分長。

我在酒吧等墨菲送龍蝦來時，和幾個男孩子談起此事，引起哄堂大笑，而我這種容易受騙的性格，自此變成傳奇一樁。顯然，古早以前墨菲就常在鎮外講龍蝦的故事。更多笑話是講他如何穿越瀑布，撞出頭上的腫包。

「他有沒有跟你說他小時候跳傘的事？」酒保黑傑克問我，「他七歲那年，得到一把雨傘，爬上家裡三樓的閣樓，撐開傘然後跳下去。」

除了我以外，人人都記得這事件，然後大家爭辯墨菲究竟跌斷一隻腿還是兩隻。

就在這時，墨菲進來了。

他沒幫我帶龍蝦來，他說他還沒去看他設在水壩裡的陷阱，因為他一直在修補降落傘。

接生婆的代價

且記下一筆——沒有比小羊誕生更甜蜜的事了。鼻子哼哼的粉紅小豬是迷人的；有著水汪汪棕眼、一副信任眼神的小牛，可以融化最硬的心腸；但一隻羊寶寶——可是特別的禮物呢。羊寶寶很乾淨，你可以抱牠們像抱小狗，可以撫弄牠們像撫弄小貓。要是羊媽媽信得過你，羊寶寶還可以像嬰兒般在你懷裡入睡。

在生產的緊要關頭，身兼助產士的牧羊人最能欣賞羊寶寶窩心之美。那真是一段需要持續守護和心焦的時間，不分日夜，每隔幾小時就要巡一次，這事頗累人，但能擁抱新生命，我無論如何也不願錯過。

牧羊人看得出母羊何時臨盆，因為快生之前，母羊會有掘巢的動作。很奇怪，母羊會退到一個角落，挖著某處的稻草，持續發出一種似乎來自牠胸部的喉音叫聲。

然後「水袋」（譯註：指充滿保護胎兒的羊水的膜囊）就出現了。

當我第一次看到自己的羊瘋狂地挖掘稻草，臀部還有一只充滿水、像汽球般的東西時，簡直嚇得半死。我怕自己初次接生會發生意外，半夜驚慌失措打電話給一個老經驗的牧羊人。

「那間大學什麼都沒教你嗎？」他問。然後我聽到他向太太竊笑：「那個女孩好笨，連『水袋』是什麼都不知道。」我面紅耳赤，記住他的指導，回穀倉繼續守著。

那是十五年前的事了，如今我已接生過幾百隻小羊，但接生的過程仍然帶給我奇妙的衝擊。

綿羊很能幹，牠們可以完全靠自己生寶寶，我只要幫小羊的肚臍塗一些碘，預防感染，然後看著牠們找奶喝就好了。母羊會舔牠的寶寶，把牠們推向自己腳下，小羊就在那裡找到生命的源頭。

你可以看出小羊是否已找到媽媽的奶，因為牠的尾巴會搖得像一隻快樂的小狗。初乳對小羊的生存很重要，初乳濃稠又營養，含有維他命A和蛋白質，以及所有能保護小羊不受細菌感染的抗體。當小羊知道食物來源在哪，而且吃飽了以後，我就拿出筆記板，開始盡牧羊人的管理職責，包括給小羊耳朵上戴一個鐵片做辨識，記載著性別、出生時的重量、胎次、以及母羊的刺紋號碼。一旦資料都確實記錄好，一切也都順利，羊兒一家就被遷移到一個有隱密性的圍欄裡，牠們可享有品質較佳的相處，大概有一週時間來彼此熟悉。

雙胞胎羊很常見，多數繁殖計劃均以此為目標。三胞胎則算是額外的禮物，我甚至有過四胞胎。生命真是充滿驚喜呢。

需要幫忙的通常是多胞胎。小羊本應前腿著地來到世間，但就有那麼多小羊想倒著生、斜著生、或是以頭和腳的奇怪組合方式出生，這可真是產婆的艱難時刻呢。

解開纏繞著的小羊，把牠們擺正位置，全靠手臂功夫在母羊體內進行，得耐著性子慢慢來，雖是輕緩的活兒，但羊和人之間需要大量的信任。

在某種程度上，就好像為語言不通的產婦，擔任私人拉梅茲（譯註：一種分娩法，強調以呼吸配合陣痛節奏以減輕痛苦）教練一樣，希望羊媽媽能從我的語調，了解我是在幫牠忙，我們是同隊的隊友。

一旦第一隻小羊出世，羊媽媽和接生婆都立刻士氣大振，但此時還沒空讚嘆，小羊的鼻子得趕快清乾淨，好讓小傢伙的第一口生命氣息為牠開張大吉，說聲「嗯，我生出來啦」。如果羊媽媽累了，接生婆就得負責用毛巾擦乾小羊，讓牠站起來面對美好的一天。此時，一桶摻了糖漿的溫水能為羊媽媽補充精力，而一杯令人舒暢的茶，則對接生婆有神奇療效。

小羊誕生的過程，有時要好幾個鐘頭，有時才幾分鐘就結束了。我看過一些年齡較大的母羊，不需任何外力生完兩隻健全的大塊頭寶寶，即刻站起身來，再生下第三隻小羊，彷彿吃西瓜吐子兒般容易。頭次生產的母羊有時會煩躁痛苦，可是一旦小羊出來了，母性本能就取代了一切，事實上，大腹便便的母羊急著要小羊出世，甚至會等不及自己的寶寶，而試圖去偷別的新生兒呢。另一方面，一隻母羊生了小羊，似乎也會對別的母羊產生刺激效果，這使接生婆進入馬拉松般的接生過程。在羊的產房裡，生活絕不會無聊的。曾經有個五歲的小訪客，在目睹生產過程後，做了十分恰當的結論——

「好酷啊！」

不一會兒，才一天大的羊寶寶，就開始用頭牴來牴去了，看著自己的影子倒退著舞過去，而我若是膽敢侵犯牠們的範圍，一度需要我的羊媽媽，現在會重重踏著蹄子抗議。

不過稍後，母羊總會允許我抱起那團毛茸茸的傑作，像所有新生兒一樣，牠有完美的小耳朵、天真的眼睛、胖胖的小肚子，這使我深覺，還有什麼比這更甜美的呢。

蒼蠅的戰爭

我覺得有些問題就是沒有答案，例如：「蒼蠅到底從哪兒來的？」每當太陽開始曬熱窗戶的玻璃，蒼蠅就成群湧現在窗台上，然後又嗡嗡作響回到牠們所屬的戶外。這些蒼蠅是誰？為什麼牠們會認為自己有權進駐我家？

這些蒼蠅並不聰明，我拿著蒼蠅拍走過去的時候，牠們甚至沒有想要飛走的意思。我盡力拍打，一小時後，有更多的懦夫在窗台上喧囂而去。我無意誇耀自己是多棒的管家，但我還不至於故意把蒼蠅的食物放在房子四周，而蒼蠅竟未餓死；我也沒放一碗水在那裡，那為什麼牠們沒乾死，或離開算了。

當然，我不是住在一個密封的環境——狗總是吵著出去，而我自己也常到穀倉去巡視，我可以忍受偶爾幾隻蒼蠅溜進來，可是這並不能解釋為何客房窗臺上也有一大團蒼蠅。

我已試用過所有買得到的殺飛蟲工具，最有效的要算放在擠奶房裡用的那種，只是想到標籤上的警告，我就不得不慎加考慮。有一個產品建議噴藥後最好通風三十分鐘，再讓一隻體重五百公斤的牛回到屋裡。我好奇像我這樣體重的人，要在室外等多久才能進去呢？

我外婆都是把蒼蠅紙掛在她的老穀倉裡。

眾姨媽、舅舅、表兄弟姊妹來訪時，房子都快擠爆了，我會睡到廚房爐灶旁的長椅上，在朝陽照到窗子上，蒼蠅被喚醒之前，是蠻好玩的。

我被蒼蠅紙上傳來穩定的嗡嗡聲吵醒，我聆聽蒼蠅微弱的尖叫，暗自祈禱公雞趕快啼醒其他人，救我脫離這間恐怖的蒼蠅紙之屋。

所以我是不會用蒼蠅紙的。我曾經在穀倉裡試用過一次，可是我忘了告訴為躲狗而飛進穀倉的小母雞。要把一隻發瘋的母雞從蒼蠅紙上弄下來，不太好玩。

聽說蒼蠅可以從老舊的木窗框最細小的縫溜走，因此我考慮換窗子，有個朋友最近就換過，我打電話去問效果如何，答案是「沒有用」。

還有一個說法是蒼蠅能穿過老磚塊、灰泥甚至木質的屋瓦。然而，要期待換新窗戶、新屋頂和新牆壁，未免太不實際了。

當然我也可以一直搬家。我有個朋友住在多倫多鬧區一棟高級公寓的二十一樓，那麼高的地方沒有蒼蠅，窗子總是緊閉著，沒有混合著新鮮泥土氣息的微風來告訴你換季了，代替單調蒼蠅嗡嗡聲的，是警車的汽笛和汽車喇叭聲。想想，忍受幾隻蒼蠅，還是壓力比較小的生活方式。

春天肥胖、毛茸茸的蒼蠅很快就會消失，取而代之的是狡猾、但比較容易對付的夏季蒼蠅。我會以吸塵器和這些複眼昆蟲展開對決，當牠們被吸管埋葬之際，我可不聽牠們的死亡噪音；當我把浸過殺蟲劑的破布，塞入管嘴以阻撓任何逃命高手時，我也絕不手下留情。

在夜晚的寂靜中，當燈光熄滅，而蒼蠅做著牠們小小的蒼蠅美夢時，春風會把紫丁香叢上的花蕾吹得窸窸窣窣。無疑的，蒼蠅們也愛這樣的世界。

最幸福的狗

當牧羊人的好處是，對城裡人老愛問「那你都做些什麼」之類的問題，絕不會只有一種無聊的答案。大部分城裡人從未接觸過牧羊人，我自己在成為牧羊人以前，就沒接觸過，因而，在聆聽新鮮事的初期衝擊消失後，接下去就會進入固定的談話模式。這就是加拿大最富裕的狗，怎麼會住到我家的故事。

有一次，我參加如今已鮮見的那種由女士午餐會所籌組的慈善活動，當天的主題是「誰的帽子最大」，連服務人員也在頭上戴著布做的裝飾。一位女友的老媽誘拐我到場寫點東西，並為一堆堂皇的理由募款，我的報酬是一頓免費的午餐。我並未依習俗戴帽子，我坐在指定的位子，試著融入人群。

同桌還有七位女士，據我估計她們買帽子的錢，足以造成國家預算赤字，她們自成一個談話的小圈圈，談的是遠方的假期和獵帽計劃，直到一位優雅的女士話鋒一轉，開始問我一般人都會問的問題。

一連串殷切詢問都是關於羊的——如何養羊，哪裡可以弄到最上乘的小羊排。結束時，我為有可能簽下幾位冷凍羊肉客戶而欣喜。女友的媽說，她從主桌望過來，看到我們那桌是全屋最開心的一群。

「我們在談羊。」我告訴她。

「這就對啦，」女主人說：「談點不一樣的。」

幾週後，一位「同桌」打電話到農場來。她是莎麗，我記得她講過一個租羊來修剪草皮的笑話。她的先生是報界要人康若・布萊克，因此我打算建議她租頭黑羊（譯註：「黑」字音同布萊克）。但莎麗目的不是租羊，她要我收養她的狗。

那是一隻六個月大的喜樂蒂（譯註：一種小型牧羊犬），這隻狗原先是一時突發奇想，為孩子們買的。小狗狗從大西洋彼岸來到這裡，適應不了精英階級的生活方式，成了小麻煩。牠開始躲到主人的鞋子裡自我安慰。

城裡人總有種荒誕的想法，以為好心的農人總有地方可以多養一隻狗，於是當他們有不想要的小狗時，就開車出城到鄉下，在私家小路的盡頭附近丟下狗，讓某個善心而名不詳的農夫發現牠。如果狗未曾亂跑到交通要道上，或沒有餓死，或沒變成鷹的食物，這可憐的傢伙最可能的命運，是和其他被棄的寵物一起流浪，攻擊牲口，最後，好心的農人只好被迫把槍拿出來解決問題。

就算農場沒被當做「垃圾狗」的傾倒場地，農場也會被那些自己並不想過農家生活的人，看成是狗的樂園。我還記得那天，住城郊的父母說我們家那隻任性愛亂吵的雜種狗賓果，被送到農場上去住了，牠在那邊可以盡情奔跑，會很開心。當時和我同年六歲的同學（曾粉碎過的聖誕老公公夢）告訴我，賓果是被一部貨車撞死的。後來雖然我原諒了父母，但我還是幻想賓果在某個農場上跳躍嬉戲。

當莎麗要我收養狗時，我聽得出來她是為了能給狗一個好的安排而求我，而她的態度也蠻好的。

「一隻狗好作伴，」此時鄰居艾梅的至理名言響起了：「兩隻狗在一起是兩個笨蛋，三隻狗的主人是笨蛋。」。

我已經有兩隻狗了，但牠們也不算是典型的農場狗：大個子、紅毛的鬥牛獒犬明哥，幼時被羊撞過，一直怕羊；而皮膚只有一點點皺的中國沙皮狗笛娃，則一直以為土撥鼠想和牠做朋友。我痴心認為，這隻純正的小牧羊狗，應該能讓狗舍恢復心智正常。

莎麗有次心血來潮的把小狗取名為喜蒂，牠是隻三色花毛狗——白頸毛、白尾巴稍、尖鼻子。我到一幢大廈去接牠，莎麗和管家把牠連同一條黃色毛毯，放進一個狗的旅行木箱。

「牠很害羞，牠不喜歡大鞋子。」莎麗叮嚀我。

這隻害羞的小狗在牠的箱子裡待了整整一星期。當我把箱子放到門廊上，牠才會出來探探險，頑皮一下，再衝回舒適的毯子裡。而牠只有在全然隱密的狀況下，才肯吃喝。其他狗會從箱子外窺視牠，但牠就是不出來玩。

動物像人一樣，被擺到陌生環境時，需要時間來調適。在我為最年幼的馬裝鞍之前，花了兩年時間，讓牠習慣站著刷毛、把牠的腿抬起來清洗、用一條長繩索帶牠小跑步等事情。牛也不是自動就會排好隊，讓擠奶器拴在牠們的乳房上。這些都是習慣和信任的結果。

喜蒂和我是漸漸成為朋友的。我倆獨處時，牠喜歡我抱抱、摸摸、搔搔牠的肚皮，不過有別的狗在場時就不行。牠不玩別人的玩具，每次幾隻狗在一起活動時，牠會把牠的吱吱叫玩具，藏到自己的毛毯裡。

帶牠到戶外又不同了。牠是一隻優雅、愛乾淨的狗，無法忍受綿羊嗅牠。牠的牧羊天性，竟然讓牠和鵝玩在一起。只要一點兒稱讚，喜蒂就會負責讓鵝群待在圍籬後，讓牠們不敢走進房子或菜圃裡。

我逐漸喜歡這隻怪怪的、害羞的小傢伙了。喜蒂和沙皮狗相處頗愉快，牠們繞著院子賽跑，發覺地鼠洞穴，兩隻狗瘋到筋疲力竭為止，然後牠們在一片貓臉花旁，倚著柏樹打盹。我心愛的明哥被一輛超速疾行的水泥車撞死後，喜蒂就成了我的安慰，牠似乎也能懂我的悲傷。

喜蒂對我感應靈敏，但牠對外人則保持警戒，有人造訪時，牠憤怒狂吠到去撕扯人家的衣服，叫牠閉嘴的唯一辦法，就是把牠關到木箱裡，牠會在裡面靜靜的縮成一團，等著訪客離去。穿大鞋子的男訪客最好悄悄走過牠，牠是我所見過撒尿到鞋子上速度最快的狗。

有一年聖誕節宴會上我碰到布萊克一家，問起喜蒂的近況，他們對小狗的事似乎覺得失職，如今知道喜蒂過得很好而如釋重負。

布家的小男孩偷偷來問我，喜蒂是不是「真的」住在我的農場上，此舉令我憶起童年，我質問父母可憐的賓果到底在哪裡，卻從未得到真實的答案。當我看著這個孩子的眼睛，告訴他「對，你的小狗真的住在農場上，牠在那兒過得很舒服。」那種感覺真好！

豪豬的誘惑

藥物是嚴肅的事，上癮更嚴重，不知怎的，我從未想到，我農場上的動物會沉迷於藥物。

事實上，我的一匹馬，好像特別喜歡鎮靜劑。

牠的名字叫卡瑪，是四歲大的金色半純種帕洛米諾馬（譯註：指有特別毛色的馬類型，可見於許多品種。通常毛為淺金色，鬃毛和尾巴是銀或白色，面部有白斑），牠是第一匹我親手由小馬帶大的馬。

卡瑪就在客廳窗戶外面出生的，牠的媽媽「淑女」臨盆前，我放牠在院子裡隨意走動，因她似乎想要靠我近一點。牠一直喜歡從窗口探頭看電視。

我請獸醫隨時待命。附近養馬的鄰居都對馬的接生術和可能有的併發症十分好奇。終於，一個六月的早晨，這匹小馬隨著「淑女」在花園裡跑來跑去了。

卡瑪是隻令人驚異的細腿小傢伙，當牠找到食物來源，腿也能站穩的時候，牠就安靜下來了。牠置身在紫色的羽扇豆花叢，倘佯在晨光之中，而

「淑女」在附近漠不關心地吃草，於是我幫助卡瑪呼吸，搓揉牠全身，自此我們成了好朋友。

我很難接受牠有藥癮的事實。牠似乎只在六月才有徵狀，但過去四年每到時候就會發作。我想牠確實有不健康的跡象。

卡瑪是因為嗅豪豬而開始服藥的。

牠一歲時首度服用鎮靜劑。因牠想要研究樹林裡的多刺動物，只是牠不該用鼻子。那種時候，你無法叫一匹馬站著不動，來等你用鉗子把豪豬的刺拔出來。獸醫建議用點鎮靜劑讓卡瑪能忍受痛楚。藥性很快就發作了，先是牠的下唇開始鬆弛、顫抖，繼而耳朵像馱著東西的騾子般垂了下來，眼皮像甜咪・費・貝克（譯註：Tammy Faye Bakker，美國著名電視佈道家吉姆・貝克的前妻。貝克夫妻曾建立龐大的基督教企業帝國，包括電視網、主題樂園等。一九八九年貝克因詐欺信徒而入獄，甜咪後來改嫁並繼續電視脫口秀。她的招牌形象就是格子狀的眼膏和假睫毛濃妝。）某天運氣欠佳時那樣萎靡，尾巴則摺得像支拖把夾在兩腿間。

獸醫又剪又拽的時候，我輕輕對牠談著馬喜歡的胡蘿蔔、蘋果。整個過程約一小時，之後雖然卡瑪已恢復清醒，但絕非完全復原，事實上，刺被拔掉後的四十八小時裡，牠蹣跚地走來走去，盯著柵欄，凝視草地，很像是從提莫希・黎瑞（譯註：Dr. Timothy Leary，1920-1996，毀譽參半的心理學家、

哲學家、反文化大師，被譽為「意識的伽利略」，曾主張用迷幻藥當心理顯微鏡，帶領大眾觀察人的心理和精神境界。）的宴會上逃出來的難民。

總之，牠像個爛熟的果子。

事情第一次發生時，我可以忍受這種因好奇心發作而以鼻子聞豪豬的錯誤；第二次，我認為是體重五百公斤的牠，被腦袋才區區一公斤的傢伙激怒所致，但過去四年來，每逢六月就固定再犯，我開始正視此事。

我堅信，卡瑪以鼻子聞豪豬，是因為牠知道豪豬帶來的煩惱，讓牠有藥可吃，而藥物給牠的感覺，是燕麥或乾草所無法提供的。

或許，我該和卡瑪以及豪豬家族來段蓓蒂・福特式的對抗；（譯註：前美國總統福特的夫人，曾因乳癌切除乳房、接受心臟繞道手術、對抗關節炎，而沉迷過止痛物、安眠藥和酒精，後來成功克服藥癮。）或許，我該召開豪豬大會，並把卡瑪關在果園裡一、兩年。

對於只在六月天才與豪豬聯手共犯的四腿嗑藥動物，你是無法教牠「說不」的。我看明年六月牠藥癮再犯時，我必須對牠狠心一點。

鵝媽媽的戰爭

鵝都知道妻妾成群問題多。

鵝心情最好的時候，會輕啄餵食者的手，但當春天來臨，鵝開始下蛋、築巢的時候，牠們就變成具有攻擊性的動物，到處閒逛的結果，就引發了鵝群內所有母親們的大戰。

處於防衛狀態下的鵝一點也不可愛，脖子呈扁平向前伸長，像長著羽毛的毒蛇。牠們擺動頭部，帶著鵝所能演出的邪惡眼神，左搖右晃著前進，只要走近一步，便招致嘶嘶咒罵，牠顫動那佈滿疙瘩的舌頭，排出長長的呼氣聲。如果覺得被威脅，牠們會撲著翅膀，用變硬的嘴咬下去。

我養的土魯斯血統變種鵝，是些大型的灰鳥，幾乎和標準的三歲鵝一般高大。一群鵝在一起，像一群喧嘩的女人，搖臀擺腰又不斷嘎叫，聽起來好像在彼此饒舌聊天。

聽說中國人曾以鵝群看門守衛，似乎蠻有道理的。我的鵝就擔任庭院的門鈴角色，不管什麼車輛膽敢進犯，灰鵝兵團必定嘎嘎叫著、氣喘咻咻地通風報信。

農家子弟都知道老公鵝嚇小孩的故事：牠又嘶又噓，怪模怪樣飛行，滑稽地以腳趾「啄」人。我的好友羅基聲稱，要不是老灰鵝在小路上追他，把他趕上校車，他根本不可能唸到小學三年級呢。

我這群任性的鵝原先只有三隻，五年前牠們躲過一劫，因為動作太快太兇，我捉不到，而沒被做成年度感恩大餐。後來三隻就繁殖成一大群。

鵝的交配行為吵死人，而且很粗暴，牠們能在寒冷的雨天進行，也能在大風雪中進行。交配的時間有時是黎明和下午，但通常都在午夜時分。但那種喧鬧、追逐的亂象，你很難稱之為海誓山盟。起初我還以為牠們在取暖，不巧的是，狐狸來襲的時候，牠們也會發出同樣的吵雜，害我好幾次衝進穀倉前的庭院看個究竟，結果看到一群鵝，像青少年在沙發上摟抱愛撫被逮到時，那種羞怯欲避的樣子。有的沒事似的在撫平羽毛，有的搖頭轉腦，有的甚至對我吹喇叭，好像是說：「小姐，沒事！緊張什麼？冷靜點好不好。」

鵝有自己的房舍，但牠們卻喜歡棲息在柵欄的積雪上過冬，以便監視我的動靜。牠們向來好戰自恃，對我為牠們預備的巢箱根本視若無睹。今年，有四隻鵝在堆肥上孵蛋。兩隻鵝聰明地躲在室外的稻草堆裡，其餘的竟在庭院通道的正中央做窩。有隻年輕的鵝對孵蛋一事糊裡糊塗，把蛋放在路中央就跑掉了。

同一巢一次所孵的蛋叫「一窩」，想移動一窩有鵝看守的蛋，可得冒點風險。早春時，我碰運氣去收集新鮮的蛋，否則蛋會凍壞。通常一個鵝蛋夠做一盤煎蛋捲，而我有一些雙黃鵝蛋，足以做出四人份的早午餐炒蛋。

鵝媽媽已經在窩裡坐了好幾個星期了，每隔幾小時，牠們就要進行一番奇怪的檢查儀式——用嘴把蛋翻一翻，用腳試一試蛋是否都暖和。窩裡襯的羽毛，是鵝從自己胸前拔下來的。鵝媽媽偶爾起來散步時，那些蛋都被羽絨和稻草覆蓋得好好的。

我巡視羊群或修理柵欄的時候，可以聽見鵝媽媽不停低聲、單向的對著蛋嘰嘰喳喳說著話，我想牠們是在說「絕對不要相信金髮的人類，一定要盡量噓她、咬她。」這似乎就是典型的鵝的教育方式。

第一隻小鵝孵出來時，馬上觸發一陣母性狂熱，媽媽們焦躁地嘎叫、翻蛋，這場混亂在那隻笨笨的小絨毛球頭上進行著，牠的橘色小蹼簡直像是奶油做成的細布。

不可避免的，一位過度焦慮的媽媽會拋下自己的窩不管，而坐到剛生下小鵝的媽媽旁邊，後者則將寶寶藏到翅膀下，憤怒地用嘴啄這個入侵者。

我徵詢鄰居史考提的看法，他自卡車司機轉行養蹼腳動物已有多年經驗，顯然這種棄巢當代母的行為並非罕見。不過凡事沒有撿現成的！其他不那麼善變的鵝，樂意收養被遺棄的蛋，只是，想把蛋移到自己的窩裡，幾乎得戴上焊接用的手套和建築用的頭盔，來避免被攻擊呢。

一旦小鵝全都出世了，媽媽們便領著這些亂拍亂跳、跌跌撞撞的小傢伙走向水塘。牠們在大鵝振翅、吹號的前呼後擁保護下，和好奇的小羊或野鴨保持了距離。小傢伙們很快便展開航行，對著青蛙練習嘶叫，並對烏龜投以邪惡的眼神。

我看有些事情，必須是當鵝媽媽的才會喜歡。

悍貓的一生

你應該聽聽我的老貓韋斯特的故事。牠是一隻高齡十二歲的貓，但還會像小貓一樣發出咕嚕咕嚕的喉音，雖然牠已用掉不只九條命了。

韋斯特是一隻農場上的貓，牠原本生活在城裡，可是牠習慣在主人出門工作時，弄壞窗簾或小飾品，所以牠就被送到我這裡來了。

綿羊立刻就喜歡牠了，牠的毛是純黑的，剛開始時母羊以為牠是一隻小羊，現在牠還是和羊群住在一起。有時牠甚至睡在老母羊的背上。

農場貓需要張羅自己的生計。韋斯特有一份伙食，且能把自己的事都處理好。牠常打獵，頗有耐性且很得法，後來我很少看到老鼠，所以我想牠可能能力不錯，有人說韋斯特還會獵兔子和小土撥鼠呢。

當牠蹭著你的腿咕嚕叫著時，你很難想像牠有一副殺手心腸。雖然多年前牠的雄貓生涯早因動小手術而結束，但牠打架的身手仍令人驚異。通常都是和貓以外的動物打架，牠被鵝啄過，被臭鼬鼠噴過，被羊牴過，還被小馬追過。牠早期喜歡在別種動物身上摩蹭的嗜好，導致牠被一頭小牛踢壞

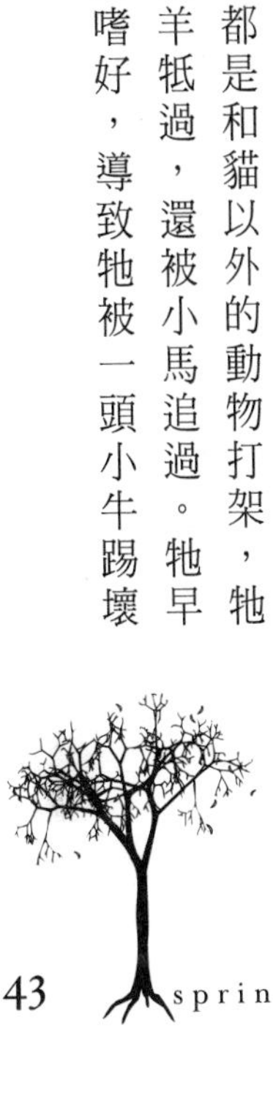

了尾巴尖。

現在牠只剩一小段尾巴了。有年冬天牠不想在穀倉裡睡稻草，而溜到小貨車的車蓋下面。由於牠向來貪睡，我以為牠必定如常在雞犬聲中酣眠，結果當我發動卡車，風扇的傳動帶已把牠的尾巴打到只剩五公分。

韋斯特顯然和車子有仇。

牠曾四度被撞或被輾過，還好都不太嚴重，傷勢痊癒後，牠變得愛把自己藏起來，出現時總有點步態歪歪斜斜的。

有次被箭射中，牠幾乎一整個月不見蹤影。顯然，有些小混混看準了韋斯特會在牧場上狩獵，這些人決定以牠當練習標的，他們想反正貓不可能被射中。

似乎韋斯特所到之處任何事都可能發生，不管怎樣，那些並不太厲害的東西，就是射穿了牠，連那群行為不檢的羅賓漢都很意外。

韋斯特身上帶著箭，緩緩走上通往屋子的小徑，牠站在前門廊上，看起來只是略感困惑。

我急得發瘋，巴不得醫護人員空降現場！可是牠一看到我把去獸醫診所時包牠用的毛毯拿來，就大步逃進灌木叢了，身上還帶著完整未斷的箭。

我沒法追蹤牠，幾天後我做了最壞的打算。將近一個月之後，牠竟然回來了，而且身上的箭也消失了，箭造成的傷口也完全好了。牠看起來只是需要一碟牛奶。

多年來，韋斯特一直展現著一種過度的尊嚴，即使是狗兒們，也將牠奉為農場上的前輩政治家。儘管韋斯特還是愛打獵，牠已學會分辨獵物，有天我發現牠在一捆稻草上假寐，下方是一隻剛孵了十隻吱吱叫幼雛的小母雞，韋斯特對牠們就未曾表示任何興趣。

偶爾，我會看到牠露出疲態。但當我正考慮在牠的垂暮之年，為牠在屋子裡鋪一張床，把牠養在室內時，牠會咕嚕著打一個滾，突然聚精會神，衝到院子裡，追逐某隻爬上老楓樹的流浪花栗鼠。

韋斯特仍然以穀倉為家，牠或在夜晚的牧場上昂首闊步，或在月色裡坐在柵欄的樁子上。牠不是一隻嬌嫩的貓咪，只要牠身上還有一條命，牠永遠也不會是。

狂犬病的妙用

我想對一個都市人而言，很難了解狂犬病、流動推銷員和耶和華見證人之間的關係。在鄉間，我生活在這些人的打擾中，且以我的經驗，他們之間有著奇怪的關聯。

幾年前，我農場上發生過一樁狂犬病例，坦白講，我寧願在任何一天見一個賣富樂刷（譯註：Fullarbrush，加拿大一種清潔用具牌子，其推銷員以強求到令人不悅的地步出名）的推銷員。

我的一隻利莫桑牛（譯註：毛皮為紅色的肉用牛，品種源自法國利莫桑區域）琳蒂，牠開始看起來像是懷孕時，就不大對勁，我把牠趕進一間隱密的畜欄，靠近觀察牠。起先，我以為牠因被孤立而感到寂寞，因為牠開始持續鳴叫，步態好像一個在下雨天慌慌張張的小孩。

牠不吃飼料，即使我用手餵牠也不吃。我為牠刷毛，還用了幾乎一隻牛的力氣幫牠按摩，對牠說話，給牠量體溫，都沒有用，琳蒂有點發燒了。第二天獸醫來的時候，很明顯琳蒂有問題，牠的行為像是著了魔，頭上的角亂甩，衝到穀倉牆壁上，看來好像海明威式的夢魘。

牠已經不是我所知那種平靜地躺在蘋果樹下打鼾的普通牛——只有當蘋果掉下來砸到頭，才會站起來走開。牠變成一隻惡魔。獸醫來訪後，聯邦政府派人來宣判了可怕的病名——「狂犬病」。

琳蒂必須被宰殺。雞農亨利（琳蒂就是向他買的，那時牠還是小牛）開著他的四輪傳動重型柴油車，帶著三〇點〇六口徑的來福槍抵達，他用一發子彈結束了琳蒂的性命。牠倒地的剎那，我所有的天真無知也隨之而去。我的鄰居用鋤頭埋了牠，政府取了牠的腦去作化驗。我的恐懼沉入土壤裡，我的淚落在我美麗母牛融雪與泥濘交織的墳上。

當然，我得去打狂犬病預防針。狂犬病是一種可怕的疾病，它藉著被感染動物的唾液散佈，而我這雙傷痕累累的農夫手，在餵琳蒂吃東西時，曾被牠滴口水的口鼻推擠過。這幾針並不可怕，五針都打在手臂上，保證我絕對不會口吐白沫。但各式說法馬上就傳遍左鄰右舍：預防針打在肚子上，此種療法本身如同狂犬病一般，也會要人的命。幾位老前輩甚至憶起疫苗尚未發明的日子，說如果有人染上狂犬病，只好拖進樹林裡，綁在樹幹上，任其尖叫發瘋而死。

多令人鬱卒！

我的農場要被隔離九十天。狗雖然已經打了預防針，還

是得拴起來，三個月都在恐懼之中度過，因為聯邦獸醫警告我，如果農場上其他動物也出現異樣，我可能要被迫銷毀一切。結果有隻馬一直打哈欠，害我擔心死了。

事情發展自有其步調，總之，這三個月相當寧靜，我幾乎沒有訪客。城裡的朋友沒興趣來看一個被狂犬病籠罩的農場，連鄉下鄰居也不太願意路過喝杯茶。

唯一不事先通知且不請自來的，是流動推銷員和耶和華見證人傳道士，他們似乎都負有一個任務，這使他們的腳絕不離開門檻，而且把我說的「不用，謝謝，我已經有了」等禮貌話，聽成「請進屋坐下談嘛」。經過幾次這樣的不速之客，我拒絕過傳單、清潔工人、訂閱報章和救贖，我發現了狂犬病的效用。

現在我已經用狂犬病做擋箭牌好些年了，和護身符一樣管用。

我會對不速之客抱以歡迎的微笑，然後，在他們快要跨進門的時候，表示有義務告知農場正因狂犬病被隔離，結果效果極具戲劇性，他們會立刻消失。而訪客趕著逃離現場時，我則默默地祝福可憐的琳蒂。

羊保母的況味

要如何告訴一隻初生的小羊媽媽不愛牠？並非牠笨、牠醜或脾氣壞，也不是因為牠尖銳的咩咩聲在夜晚的寂靜中吵醒了大公雞，更不是因牠個子小，或喜歡騰空蹦跳、四蹄落地的蠢習慣，而遭致母親遺棄。你要如何跟小羊說，純粹是因為媽媽再也沒有愛可以給牠？

難的是，你無法向一隻惱怒又肚子餓的小羊解釋什麼。牠對生命一無所知，更別談愛了。牠需要的是你幫牠找一個新媽媽，或者你自己來當牠的媽媽。

那隻名喚薇兒瑪的大個兒老母羊生產時，我納悶著，牠身軀那麼大，我以為牠會生下胖大的雙胞胎或三胞胎。果然，前兩隻大小正常，牠們跪著找奶喝，薇兒瑪再次躺下，生下第三隻小羊，我邊看邊推下更多乾草當襯墊。

塊頭最大的小羊吸吮著奶頭，薇兒瑪眼睛轉過去看，從身後把牠撥倒成像狗般的坐姿。薇兒瑪拱起背部，鼻子朝天，我發現還有一隻小羊要出世！我跳進畜欄，及時擦乾了

小羊的頭，把牠的嘴和鼻子弄乾淨。薇兒瑪只是看著牠，然後就把注意力轉向那三胞胎，牠們已在牠下垂的耳朵上猴急地吸吮著。

第四隻小羊比牠的兄姐們都袖珍得多，牠們都有九到十磅重，而牠的體重只有一半，如果把牠捲起來，可以放進一只捕手手套裡。牠生下來就很渴，一秒都不等就去找那生命之泉了。可憐的老薇兒瑪這才明白牠的成果有多麼壯觀，小羊們享用生命中的第一頓晚餐時，隊伍再度一字排開。

我看薇兒瑪的腳那時才得以休息。

其實牠一直是好母親而且很大方，但是牠的耐性（顯然牠的精力也一樣）在三胞胎出生時就耗盡了，所以每次小四想爬到「吧台」前時，薇兒瑪就用鼻子頂開牠，可是小四意志相當堅定，這就是牠被暱稱為「蹄哥」（譯註：Tigger，與小熊維尼故事裡的老虎同名）的由來。

我對以下計謀是否能成功將信將疑。整個早上，我都在觀察有沒有其他母羊要臨盆，如果有，那就可以把小蹄哥塞給牠當養子，因為羊辨識自己的孩子，是憑嗅覺而非視覺，所以依理論來講，我可以將蹄哥放到新生的小羊旁，讓牠們獨特的氣味揉擦到蹄哥身上。同時我放藥的櫃子裡，還藏有一大瓶皇家哥本哈根牌男用古龍水，把那恐怖的味道擦到母羊鼻子上，再把牠的小羊也浸在這種氣味裡，便可令母羊對這些裝模作樣的小後代完全茫然啦。

理想的養母人選是一隻身材不太臃腫的年輕母羊，我認為牠可能只懷一個寶寶，接受小蹄哥應無問題。結果錯了，牠生的是三胞胎，當然，這次我給牠們都噴灑了那瓶古龍水。我讓小蹄哥挨著我坐在一捆稻草上，我倆可以深思一下生命的意義，並再醞釀另一個尋親計劃，只是，當我們聞起來猶如丹麥的妓院老闆時，實在很難有清晰的思路。

奶瓶是我最後的招數了——我是指有小羊專用奶嘴的那種。蹄哥已經飢不擇食了。雖然母奶最好，但一種名叫「羊寶」的奶粉，也算不錯的代用品，很快地，蹄哥每隔幾小時就要喝一瓶溫溫的「羊寶」。生母准許牠和兄姐們睡在一起，但小蹄哥和母親寶貴的乳房之間，仍然有看不見的鴻溝。

用奶瓶餵大的羊彌足珍貴，也頗早熟，每個牧人都該有這麼一隻，牠會讓你珍惜奶量充足的母羊是多麼有價值。自從小羊經由塑膠奶嘴嚐到奶味後，牠就有了既定的印象——奶瓶比什麼都重要，拿奶瓶的人就是「媽媽」。第一次的經驗是令人懷念的，可是照料過幾隻「奶瓶羊」後，這變成一樁實在太耗費時間且重複的工作。

一般的小羊是不會和牧羊人發展出友誼的，牠們生活在自己毛茸茸的世界裡，只與同類交往。

「奶瓶羊」則像特殊兒童。像蹄哥，如果我進穀倉時沒有立刻給牠奶瓶，牠會發出足以震破雞蛋的咩聲。若牠想喝更多奶，牠會在我餵其他動物時吸吮我的膝蓋。牠很快就嫻熟藏匿的藝術，而且整天只想歪歪扭扭地跟著我或狗去開信箱。牠在穀倉的牆上發現了一個洞，那原本是貓的通道。牠開始在前門廊上露臉，以便乞討更多奶喝，或只是看看「媽媽」到底在忙什麼，牠喜歡人搔牠的下巴，喜歡被抱著打嗝。

牧羊人很容易把感情給親手帶大的小羊，說不定可以讓精神病學家，想出個什麼徵候群之類的花俏名稱。我的一位女友因同情一隻沒有母親的小羊，把牠帶回家飼養。這隻叫「可愛小蟋蟀」的羊，每天早晨跳到枕頭上叫她起床，又訓練牠拿報紙。坐車時，牠佔據了小貨車的前座，每當長途旅行，他們會固定在加油站停下來，讓小蟋蟀喝奶，做其他羊必須做的事。小蟋蟀拴著皮帶時，足堪擔任優良教養模範。「媽媽」把牠寵到一個地步，還為這個寵壞的小傢伙報名參加業餘馴狗班，結果竟得了個第三，讓屈居第四的小獵犬氣惱不已。

蹄哥長到三十磅時已太重，不能再跳到我膝蓋上，牠也不需要被抱著打飽嗝了，牠的奶瓶隨著體重加大，我後來就改為掛在牆上讓牠自己吸食。然後我開始到處捉牠，迫牠把頭伸進乾草堆，訓練牠吃固體食物。給牠「戒奶瓶」時，牠會像個愛鬧的青少年推我，叫得聲嘶力竭，但兩星期後，牠連搔下巴都不感興趣了。

小羊的問題是長得太快。愛並不能征服一切。

剪毛樂

我已經洗了四次澡、六次頭，皮膚擦過法國香水，我的雙手比灣街（譯註：Bay Street，多倫多商業區主要大街之一）的律師還要柔軟，但，我聞起來還是有點像綿羊。

昨天我們剪了羊毛。我一直在擒住羊，把牠們推倒在地上，又刮羊腿，把羊毛捆成膨鬆的包裝以便銷售。這本來就是髒兮兮的工作，今年尤其艱難，因為母羊都大著肚子，牠們剝光了毛，活像吞了保齡球。

來幫我剪毛的茱笛，身高一五二公分，但精力充沛，而且愛羊。如果能投胎轉世，她一定會選擇當羊。茱笛自己養羊，她父親養羊、哥哥也養羊。她嫁了個養牛的人，但現在他也養羊。茱笛把ewes（母羊）唸成yos，便可知道茱笛出身養羊世家，因為那是老式的說法。

她將剪毛工具從多種用途的小貨車後面拖出來。參加綿羊展覽會時，羊就放在車上展示，而剪子、梳毛台、乾草和她的睡袋，也參雜其中，小貨車成了羊圈兼美容院。

茱笛抵達時，我已將所有的羊都趕進穀倉，準備第一回

合的「剝削」。然而，羊無法安安靜靜排好隊等著被剪，非要我捉住牠們、摔倒在地，推成直立坐姿，茱笛才有辦法進行工作。

經過這些年的經驗，我研究出一種抓羊技巧，讓我比初出茅廬時要有效率。菜鳥時代我老在空中亂抓，羊還是溜了，現在我會盯住羊群中的一隻，慢慢移過去，目標一經設定就不要分心，這種古老的方法我是從觀察牧羊犬學到的。我輕輕說著話，眼睛警覺地看著目標，緩緩移動，到距離夠近時，一手抓住羊的下巴，另一手抓住牠短短的尾巴。不過通常這樣會把場地弄得亂糟糟的。

綿羊的頭和尾都在我掌控中，有時可以順利把羊推入剪毛區，但多數時候羊會拽著我打轉好一會兒，最終憑運氣讓羊就範。

羊是沒法訓練的——像躺下、打滾或坐好等動作。所謂「翻羊」，會用到摔角的常用技巧。若要把羊頭扭到人要牠倒下的方向，牠是願意的，只是扳脖子的動作，弄得我好像一名沒有執照的整脊師，我實在聽不得骨骼喀拉作響的聲音。你也可以把羊絆跌倒，只是有點難，因為羊有四條腿，而人只有兩條腿。

今年茱笛和我以團隊方式進行。我倆都站在羊的同一邊，合力各抓一隻不同邊的腿，視羊的狀況輕輕地翻轉，然後藉俯臥姿勢，我把羊頂成坐姿給茱笛剪。

茱笛順著兩旁和背部，以大而長的曲線剪著，又小心翼翼地沿著臉頰和脖子四周剪，真是一門藝術。剪毛完畢，光禿禿的羊溜走，而一張完整的羊皮留在帆布上。

我的綿羊是英國索夫克種，是標準的黑臉綿羊，這種羊的毛不算最好，我猜其命運是織成地毯。每隻羊可剪出二至四公斤的毛，扣掉剪毛的成本，我估計賣掉的羊毛，平均每頭羊賺兩毛錢。

你必需好心到幾近乎背負沉重的負擔，才能當牧羊人哪！

羊皮用麻繩紮成捆，和一疊紙大不相同，一張羊皮看起來形同一隻筋疲力竭的羊。肚皮在中央，腿摺到下面，再四摺紮好，像一份禮物。

摺羊皮的樂趣在於觸摸。羊毛上有羊毛脂，一般人花錢買那些花俏的潤膚霜，就是從新剪的羊皮上滲出來的。不過從羊皮直接接觸時，羊毛脂就和羊一般臭。我全身帶傷，疲累不堪，極需背部按摩，茱笛說她要去轉戰下一群綿羊時，我便向她道別了。

洗泡泡浴之前，我到穀倉裡巡視那些母羊，確定牠們真的喜歡體驗這種全身的強力冷氣。

遠處角落裡，我發現兩隻未來的剪毛對象——新生的雙胞胎，腿還站得不穩，在媽媽身邊吃奶。我頭一次覺得，光禿禿的動物也這麼美！

玩樂時間

一年一度的放羊吃草儀式開始啦。

我打開院子大門時，母羊開心地向前衝，自從第一批車軸草在微風下顫動著，牠們便對青綠的牧場望眼欲穿。

小羊跟著媽媽，擠做一堆。

起先有點膽怯，牠們對穀倉外的廣大世界小心翼翼地，然後一隻勇敢的小公羊連停都不停就向前衝過了牧場，其餘的小羊也效法牠，都表現出活潑的模樣，不一會兒，就全部嬉鬧成一團了。

小羊真的會玩耍，牠們玩起來的模樣，用「邊疾馳邊跳狐步舞」來形容，最傳神不過了。牠們總是跳躍得彈起來，我真的覺得牠們的小蹄子下面裝著彈簧呢。

小羊啃過甜美的青草，鼻子探勘過土撥鼠做的土堆後，就開始思考在這嶄新的環境裡，牠們想要多大的勢力範圍，而圍籬也就要發揮其作用了。在我農場上，首批放牧的小羊會被圍在結實的通電鐵絲所做的圍籬內，誰也沒辦法告訴牠們如何避免被電到，等牠們發現時，已受過相當震撼的一擊了。

加拿大傳播學大師麥克・魯漢說過「媒體就是訊息」，雖然他是在說地球村的電子傳播衝擊，但他的眼光也絕對適用於電籬笆的特性。

羊在很多方面都滿笨的，可是一旦認知到破壞圍籬會遭受某種後果，牠們就突然變聰明了，且記憶力絕佳。

我養的一些牛，牠們會為了到牆的另一邊，不加思索地試圖穿過磚牆，但牠們看見銀色的電線，卻會停下腳步。有一隻特別好鬥的赫福種（譯註：Hereford，強健耐寒的英國品種牛，毛色為紅底白斑，用途主要是肉牛）母牛，似乎把穿過圍籬視為生平志向。當牠以鼻子觸碰電線，突然就大跳起探戈時，我想任何巴西舞蹈團都會引以為傲。

至於我個人的體驗是，那第一次的誤觸圍籬，竟讓我在同一時間內學會了霹靂舞、碰碰舞和西班牙舞。電壓沒有強到對我造成傷害，但那種震撼也絕對足以讓人沒齒難忘。

我可以在電籬笆內放一碗碳烤的漢堡肉，狗兒會淌著口水亂成一團，但牠們絕不敢以身試法，你就了解「電療」的力量有多大了。

電籬笆很方便，它很輕，用來當臨時放牧的分隔界線也很容易。一束臨時電線放在永久性鐵絲圍籬以及舊的柏木柵

欄上，可以防止牲口探頭或越界。

幾年前，我在一張鐵絲圍籬上裝置了電線，但沒有連到電源，直到現在，那圍籬還沒有被動過，因為動物不願意賭究竟哪些有通電，哪些沒有。關於羊和圍籬，雖沒有什麼是絕對正確，不過就目前來說，邊界都還能守住無虞。

小羊心滿意足地隨著媽媽吃草，吃膩了便形成一組一組的遊戲，相互撕扯，全力俯衝，然後在圍籬前打滑停住。一個月大的小公羊用頭牴來牴去，侵略性較強的小母羊也會欺負妹妹；牠們還在乾草堆的小丘上玩「城堡裡的國王」，快速跑上頂端，然後等待挑戰者。

真正的好戲這才拉開序幕，連老母羊也開始踢後腿了，但這純粹是因享受到開闊的空間而挑起的好心情。我從廚房窗子可以看見小羊們追逐著水鳥，倒退著跳舞，很像一陣風吹掉了蒲公英的頭。

每逢太陽升起，草地潤澤，牧羊人最能樂在其中。知道自己的牲口能躺臥在青青草原上，真讓人興起一股復甦的力量。

夏天

summer

種黃瓜的夏天

一個不成文的定律是：城裡人若買了大筆土地，一定會至少糟蹋掉四十公畝。其餘的土地可能妥善的種著作物、牧草或樹木，也可能租給會運用的鄰居，然而，總有那麼一小塊地，好像會肆無忌憚地對你嚷著：「拜託利用利用我吧。放膽種些正常農夫不敢種的東西嘛！」

所以，事實上我認識的每個出身都市的農夫，都有過至少一則恐怖故事，種的東西從蘆筍到人蔘五花八門。通常，都以賠錢收場，尤甚於付出的心力。他們的共通點是，都想快速致富。

我自己的故事是這樣的：肇因是當地報紙的一則小廣告，說什麼種植做醃黃瓜用的黃瓜，可讓你每四十公畝地最多賺進二千元，這對我來說的確蠻不錯的。那時我剛買下農場一年，正打算好好賺點錢。菜園後面那一百公畝的地，用來種這些能賺錢的作物似乎挺適合的。

後來我發現事情並非只是耕種而已，你必須摘採，還要送貨，而且除非你的牽引機上裝有播種機，否則你必須親手去栽種。剛好有個鄰居在一塊地上施了羊糞肥料，有黃瓜生長最需要的氮，那地也犁好了，只等栽種。

於是我抱著種黃瓜的合約，以及價值一百二十元的黃瓜種子，開始用鋤頭工作了。

每十公分要撒一顆種子，一百公畝的土地幾乎等於永恆！

「當奴隸就是這種感受吧。」種到中央區時，我九歲的小幫手表達了看法。太陽當頭曬下來，風把泥土吹打到我們臉上。種完之後，我買腳踏車送給來幫忙的孩子，但後來我再也沒看到他們了。

等發芽等了兩星期，但黃瓜開始生長時，野草也開始生長。害我又鋤又挖了好幾天。等到瓜在藤子上冒芽時，我到工廠買了大麻布袋預備裝收成。

黃瓜是多刺的討厭小東西，特別是袖珍型、藏在葉子下的那種。不過假使想每四十公畝賺兩千元，就要靠這些袖珍、比嬰兒大拇指還小的瓜，只是一大堆才夠裝滿一麻布袋。

每隔一天，我把剛採下的黃瓜送去堤斯窪附近的一家集散站，車程半小時。我總是清晨六點開始摘採，趕在下午四點半前裝上我的舊貨車，把貨送出去，這種工作風雨無阻，因為瓜會吸收雨水，隔夜就完全變成褐色。

我作夢都會夢到黃瓜——好夢是採到一列完美的袖珍黃瓜，惡夢是採到一列二十公分長、切片用的大黃瓜。

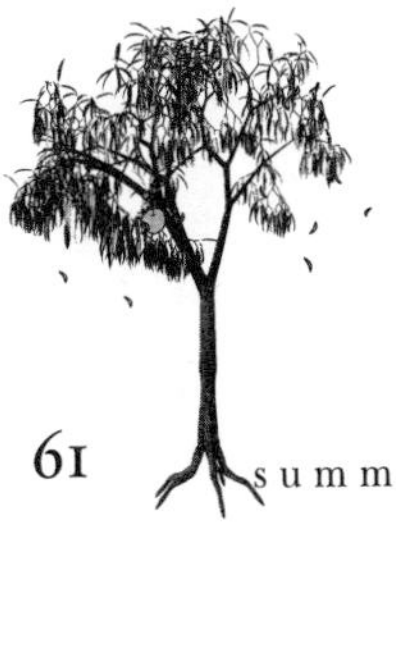

家人都認為我瘋了。我外婆種過一次黃瓜，所有的舅舅、阿姨也都對這令人背部受傷的工作印象深刻，務農的鄰居會按著前額對我微笑。然而面對滿地施了肥的瓜，你只有採收，別無選擇。

黃瓜集散站下午五點開門，我向來不是排第一的人，「瓜友」一如他們種的瓜——各種形狀、尺寸都有。有開別克轎車的中年婦女，把黃瓜裝在後車箱裡；有只比直排輪鞋輪子上的東西稍多的生銹福斯車，滿載一袋袋的黃瓜，從車窗鬆垂下來；滿是瓜的客貨兩用車；滿載黃瓜、小孩和吠叫狗群的小貨車。四個壯碩的少年靠種瓜來存大學學費，用施肥機裝著他們的瓜。這些裝載黃瓜的車子散佈在鄉間，很像電影「憤怒的葡萄」裡的景象。等卸貨的時候，大家就交換種瓜的故事，一起為腐葉病擔憂。

「瓜友」中還沒人發明機械化的採收方式，一些流傳的點子包括：把加裝馬達的推車，降低高度到地面，採收的人趴好，發動車子，在一行行的瓜藤間行駛，從兩邊採收。沒人看過那妙機器，人人用想像的。

在一間洞穴般的帳篷裡，黃瓜分類機每天晚上嗶嗶剝剝地開上好幾個鐘頭。當你終於把收成倒進那褪棕色的帆布袋，它轉動著把黃瓜投入分類器的孔時，你會有種勝利感。兩姊妹機警地盯著不良產品，她們指甲短短的手會從順著帆布彈跳的行列中，抓出有傷痕或外觀歪扭的瓜。最小的泡菜瓜最先滾進大藤籃子裡，「丁級」瓜殿後滾進去。農家男孩有一雙粗壯的大腿，他們將分過類的瓜吊起來稱重量，向會計小姐吼出重量和等級，她穩穩坐在栗色的牌桌前，將訊息敲入一台古老的計算機，啪啪聲沒完沒了，淹沒在機器的嘎嘎聲，以及千萬根黃瓜轉動的轟隆聲中。

等我的瓜被點算過之後，我會和別人一樣取走黃色的收條，塞到自己的手套裡。沒有人會把黃單子給別人看，那可是個大秘密，但大家都心知肚明，我們之中沒有人能賺到每四十公畝兩千元的收入。

那年夏天，我採下數以噸計的瓜，一直採到手變綠，自己聞起來都像黃瓜。集散站九月關閉時，我還有好多好多瓜留在田裡。沒有人要買我的瓜，鄰居們不要，他們自家院子裡就有；我父母親客氣地帶走兩籃一夸特裝的瓜；路頭上擺放的告示牌，也幫我送掉一些。在我面前的這片瓜田，足以提供多倫多每間餐廳兩星期的餐盤裝飾。然而，這些瓜卻無處可去。

我開始裝罐。後果是我有了六十罈一夸特裝的小茴香醃黃瓜，我決心洗手不幹了。冰冷的地窖置物架，被罈子的重量壓得機吱嘎作響，我醃了一個人三輩子也吃不完的黃瓜。後來，凡是來我農場的訪客，要是沒帶走至少一罈醃瓜當「紀念品」（memento）（譯註：語雙關，亦可作「警惕物」），就別想走出大門。向我買冷凍羊肉和雞肉的客戶，覺得我實在太好了，竟會隨訂單贈送一罈家製醃黃瓜給他們。那年我以醃瓜當聖誕節和送禮會（譯註：

例如為新娘或準媽媽舉行的贈禮聚會）的禮物，而我自己，當然也吃下了大量的醃黃瓜。

霜覆蓋了殘餘的黃瓜，瓜藤進入休眠狀態的幾個月後，真正的痛苦來了——我的黃瓜老闆寄來一張支票。那是個秋日，我一面掂著信的份量，一面走上小徑，疲憊地涉過讓我歷經無數背脊差點斷掉日子的瓜田。

縱使一張支票能實現每四十公畝賺兩千元的夢，錢似乎仍然不夠多。我非常清楚黃瓜讓我投下多少資金，從種子、到孩子們的腳踏車、到麻布袋、為舊車換新胎、油錢，這些是我所做過最殘酷的減法練習。在在都顯示，所有的努力讓我總共賺到二十三元一角六分，我沒有告訴任何人這件傷心事，因為我知道某處有個愛說笑的傢伙等著說，我很幸運，我並未賠錢。

現在距離那個種黃瓜的夏天，已將近十五年了，我仍舊無法泰然正視一罈子的醃黃瓜，看種子目錄時，只要翻到黃瓜那頁，我總是很快地跳過去。

我想每個搬到鄉間的人，都會犯一些錯，我的錯誤是因貪婪而產生野心，讓我看漏了印在「兩千元」粗黑大字前面的小蠢字——「最多」可以賺……

其實大膽嘗試一般農夫不敢種的作物，並非錯事。在我國，最大膽的農夫為我們賺到全國最大的財富之一，想想約翰與艾倫・邁金塔，如何奮鬥才培植出最密實多汁的紅蘋果樹；想想科學家查爾斯・桑德斯咀嚼過多少艱辛，才發現讓加拿大位居「世界麵包籃」的穀物。

當你看到地方性報紙的小廣告——「不論種什麼，保證每四十公畝可賺兩千元」，請再三深思，否則保證你嚐到真正的酸黃瓜滋味。

○牛仔夢

移居鄉下的理由五花八門，例如：對別人比較好、對經濟有貢獻、會比較健康等等，但你若打破沙鍋問到底的話，我想我是為了養馬。

我幾乎已不看「玉女神駒」（譯註：National Velvet，以一個十四歲女孩贏得全國賽馬冠軍為主幹的小說，後來改拍成電影，由伊麗莎白・泰勒主演）了。小時候我最愛看的故事書是《黑神駒》（Black Beauty），別的小朋友都有光榮的志向，當護士或老師，而我是當牛仔。

別的小孩可能對國家冰上曲棍球聯盟（NHL）的名將如數家珍，而我知道的是「牛仔喜斯克」（譯註：the Cisco Kid，風行於五〇年代的西部牛仔故事，多次拍成電影）裡的馬名叫戴艾布羅。

媽初次帶我騎馬，是我五歲那年，全家去覃那希山區旅行，正巧路邊有座馬廄，而那兒正好又有供人騎馬的小徑。

媽向來喜歡冒險，所以當爸小心翼翼地靠到老舊的柵欄時，我已被放到一匹帕洛米諾馬寬闊的背上了，而馬身上竟有一個合我尺寸的小馬鞍。我騎在上面，和大象身上的一片豌豆差不多，可是我覺得自己像牛仔羅伊（譯

註：Roy Rogers，三〇至五〇年代的美國西部牛仔明星，主演過無數電影、電視及廣播節目，以帶給人樂觀和信心而著名）。

後來是一段如假包換的騎馬行程，爬上山，通過狹窄的小路，路旁是急斜坡，媽一直要停下來查看我的狀況，可是根本沒地方可停，我握著韁繩，和騎在我身後的嚮導聊得很開心，媽顯然不了解，這種馬就是靠在山裡爬上爬下來賺錢的嘛。

下山是最好玩的部分，因為馬下坡時很穩，而且牠一心想回馬房，去享用牠的獎賞。

這匹叫「老雷」的馬，伶俐地快步走著，而我在馬鞍上像個小沙包上下蹦跳著，為了寶貴的生命，我必須抓得牢牢的。那是我頭一次感受到騎馬的人和馬之間，有種特殊的交流。

後來的十年我一直對馬著迷，我有許多快樂時光，都是夏天一整天在馬背上度過的，我從這種體重五百公斤的動物身上，學到勇氣和毅力。到了十五歲，我發現男孩子也是一種動物。

忙著交男友、求學和就業，馬暫時從我生活中退隱了，但當房地產經人陪著我，在我心不設防的狀況下看到現在這個農場，而它竟有間適合用來當馬廄的小小穀倉，讓我鐵了心要把農場買下來。

當然啦，我不能表現得太明顯，在付諸行動以前，我買

了一些綿羊，到貴湖大學選修了一些課，種植農作物，並學會捆乾草。

那廣告上只說「帕洛米諾母馬要賣」，我想就瞧一瞧吧，結果是匹非常理想的馬。

我喜歡過許多馬——從我叔叔養的魁偉溫馴的佩雪龍（譯註：Percherons，一種重型阿拉伯血統的馬），到毛皮粗糙而脾氣暴躁的野馬，然而，當我看到這匹帕洛米諾馬慢跑的樣子，猶如一陣柔和起伏的波浪，我知道我找到了另類好馬。

「淑女」是那種你可以用籠頭或繩子駕馭的馬，要改變方向只需藉轉換身體重心即可。任何人都可以騎牠，我可以把五歲的小孩放到牠不裝馬鞍的背上，而你可以信任牠絕對不會闖禍。但若換做一個愚蠢的成年人粗手粗腳地騎牠，那牠就會好好給他上一課，直到他變聰明為止，要不然此人會發現自己被扔到糞堆裡。

「淑女」對人的直覺十分準確，就像牠總能發現藏在褲袋裡的胡蘿蔔一樣。

我這匹好馬已十六歲了，叫起來還是像少女，走起路來也還是昂首闊步如同表演馬。牠為我生下的小馬，完全是牠自己的翻版，牠們母女在牧場上漫遊時，能玩得瘋瘋癲癲的。小馬嬌縱慣了，有待琢磨，而牠的母親，卻仍舊像我初次看到牠時，那般讓人信賴而柔和平靜。

我們現在已很少像過去那樣騎一整天了，「淑女」似乎更喜歡觀賞牠女兒在練習圈內伶俐地小跑步，不過牠還是會在溪流裡涉水玩耍，或圍堵想逃走的綿羊。

要是牠能再生一匹小馬，我會給牠比乾草更好的獎勵。

姑且不談什麼利他主義或經濟效益，當一匹金黃的好馬用鼻子摩蹭著你，迎接美好的一天，有種單純而真實的安慰感——可能不見得衛生，但卻能讓一天的生活擔子好過一點。

我只需降服在那輕輕擺動的馬背上，蹬一下腿，抓住一大把鬃毛——太棒了，我再度覺得自己就是牛仔羅伊！

早起的雞捕到賊

一般人對農場生活存有神話式的刻板印象，其中之一是「公雞報曉，快樂的農夫便開開心心起床幹活」。我就有過一群精神錯亂的公雞，清晨四點即啼，那種時候我可是哪裡都不打算去。事實上，公雞是任何時候想叫就叫的，光線的確會引起雞啼，只是牠們無法分辨月光、日光，或鎂光燈的光。

我的朋友隆恩正在和偷蟲的人打交道。他家後面有一塊地既平坦又肥沃，是夜間偷襲者的樂園。在一個溼氣頗重的夏夜，隆恩很晚從一個集會開車返家，一部陌生的客貨兩用車停在他田旁的界線路上。約莫六名腰纏罐頭、頭戴帽燈的偷蟲賊，瘋狂地採集著滑溜溜的魚餌。隆恩停下來攔截他們，這些傢伙紛紛跳過圍籬，駕車逃逸。

「不准穿越」的牌子沒用，偷蟲賊行動十分靈敏。隆恩愈想愈氣，但無論警察或鄰居，聽到他描述「蟲害」，都止不住大笑。

「那你要怎麼樣？捉拿他們，剁掉他們的手？」隆恩過去的拜把兄弟開玩笑說。

在附近溪流裡釣魚的人，會在咖啡店交換情報，談論哪種魚餌或魚鉤比較有效。

隆恩走過來時，他們就故意放大聲說：「隆恩的蟲子是一流的，是唯一能釣到魚的餌」。隆恩發現那些肥美的蟲，竟賣到每條一角多錢時，他快瘋掉了。

儘管隆恩沒有想要做這門生意，他也開始認為泥土裡那些蟲的確是金礦。他設下有倒鉤的電線來保護蟲子和籬笆，盜賊卻以電線鉗剪斷障礙，照樣通行無阻。此舉無異擲下戰書。

隆恩問鄰居德瑞克，能否借他穀倉裡最兇惡的公牛來當肥蟲保鑣，顯然隆恩已忍無可忍了。他思考過最具危險性的點子，有人甚至聽到他去找老兵談布署地雷的事。

「你要捉住小偷，而不是殺死他們」德瑞克獻計：「你需要的是一個讓人察覺不到的警報系統。」

德瑞克的太太凱西養了一些得過獎的雞，她把牠們組成公雞防衛大隊。一個半小時內，他們造好一個由細鐵絲網做的籠子，裝得下兩組防衛隊。籠子藏在田邊茂盛的草叢裡不明顯的位置，還裝進一對凱西養的小公雞。

兩天後，下午適度落了些小雨，恰好夠引誘偷蟲賊半夜上陣。隆恩通知警方待命，他確信當晚小偷一定光顧。他需

要支援。

果然，那天深夜，那群公雞叫得喙都快掉下來了。隆恩在雞叫第一聲時，就打電話給警察，德瑞克也起床，趕到界線路一端的盡頭堵住去路，隆恩衝過去堵住另一端。

等警察抵達時，那群犯人縮在客貨兩用車旁，都是些老弱婦孺，且多半不會說英語，每個人都嚇得要死。隆恩決定放他們一馬，如果蟲子有利可圖的話，那這些雜牌軍也不是分到最多油水的人。

在朋友的帽燈以及路邊證人的注視下，隆恩用手勢表示他在意籬笆被損毀。偷來的蟲都被放回平坦肥沃的土地上，小偷們也表示了悔意與歉意，最後，在嚴峻的警告之下，這群衣衫襤褸的小偷被送走了。

「他們萬萬想不到這招，」隆恩竊笑著，他在咖啡店邊享用美食，邊講這段故事：「他們還不如按我的門鈴算了，那些公雞一看到他們帽子上的燈在閃爍，就叫喚得像是天上出了六個太陽。」

從此以後，隆恩的蟲子成長茁壯，再也沒有受過打擾，他的籬笆也筆直而結實。雞籠子保存著，凱西賣了些一流的神氣公雞給他，雞在農場庭院裡高視闊步，為的是以防萬一。俗語說「早起的鳥兒有蟲吃」，但如果想捕偷蟲賊，養隻公雞吧。

坑人的拍賣會

沒什麼活動比拍賣會更戲劇性、更娛樂、更像溫馨的流行歌曲，也更有條有理地混亂一團。特別是，如果想買些你從未想到自己需要擁有的東西；如果，你的陶波罐（譯註：Tupperware，以密閉不滴漏、種類繁多的塑膠貯物罐出名）收藏陣容只少那麼一件即臻完美；如果，你的舊鬆餅機還是嫌少；或者，你經常憂心匱乏——上至枕頭套，下至手提鑽子——那麼鄉村拍賣會將能讓你得救！

我剛搬到鄉下時，附近的每一個拍賣會對我而言，都像是潛在的金礦。當時有些夠精明的傢伙，從我正陷入的這一行退了休，他們辦的拍賣會，無論在價值或資訊上，都稱得上是豐富的寶庫。

在拍賣會上，你可以問農事機械的問題，雖然那些機器你連看都沒看過。通常你會看到某人斜倚著機器，侃侃而談其機械設計，告訴你你正在看的那款型號，能否在五十公里方圓內獲得售後服務。有時你還可了解其中有問題部分的維修記錄，以及將來運作時會牽涉到的機械原理。

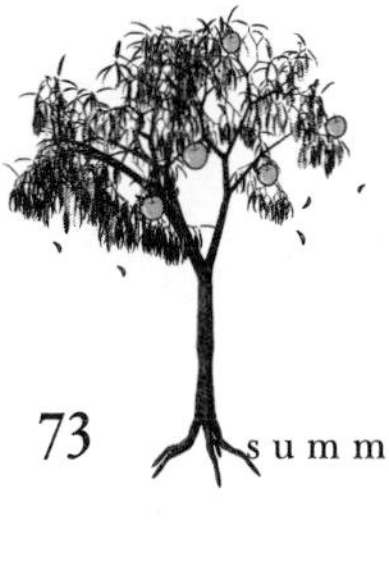

當然，你必須謹慎點，因為「散播不實訊息」也是拍賣會的心態之一，不知怎麼的，有些在拍賣前號稱「狀況良好」的東西，售後第二天卻「依慣例」變成破銅爛鐵。而且，所謂「狀況良好」往往只是「外表良好」。我一個朋友在拍賣會買了採石機，不幸的是，其運作速度是一般人期望的兩倍，但它的確「會運轉」沒錯。拍賣會的交易傳聞往往誇大其詞，而且每傳一次話，要賣的物品就再被粉飾一次，但那還只是一半的樂趣而已。

這些年來，我是買過好東西，但還不至於買到什麼特別的寶物，讓我能賺到夠償還貸款的錢——這只是我聽說過的許多賺錢故事之一。它總提醒我，當拍賣官舉起一只看似無辜的餅乾罐時，最好多看兩眼。

後來嘛，當然，那次是由於一個朋友中了拍賣會的邪，我的院子裡竟會停進一部一九五二年份的橘色道奇傾卸車。

事情是這樣的，我帶著一位男性友人去拍賣會，結果錯在不該讓他獨自亂逛。當我耐著性子等待拍賣官舉起一只古老的醃黃瓜罈子，他跟幾個務農的鄰居混在一起，那群人恰巧在拍賣機器的穀倉外落腳，我猜他們大概看出他是個城市佬，決定捉弄他一番，因為他們就在雞舍後面慫恿他，對什麼要花銀子的事小試身手。

我為那只罈子已出價出到能接受的極限，於是依慣例加了幾碼——此即「如果我得不到它，別人將為它付出可觀代價」的抬價復仇模式——然後就去尋我的同伴了。那天有不少機器要出售，成排的割草機、馬車、施肥機，恰巧在陣容中央是一部又大又老舊、漆成鮮橘色的傾卸車，我聽到一聲大喊，很像是要拍賣了，人潮移動著。

我掃視人堆，發現了我的朋友，我向他招手，他簡直被綁在那邊，不僅與人談笑風生，而且為雞舍後面的投資行動顯得容光煥發——可不是嘛，他已成為一輛狀況不明、引擎卡住的古老橘色傾卸車的快樂主人了。

事情的原委實在太混亂，大概是他的新朋友告訴他，別人都不曉得那車其實尚堪使用，他們還跟他說，售價應不會高過六十元，因別人都以為車已報廢。於是他們慫恿他買下來。他真的買了，才五十五塊錢。

此刻那些傢伙都笑得東倒西歪。他們悠悠哉哉走出去，對我的窘迫暗自竊喜不已。是嘛，對一輛已經退休四分之一世紀的傾卸車，你能寄望什麼？

最後解決方案如下：鄰居魏莫拖走傾卸車，收了其中可用的零件，代價是幫我的小貨車換一副新的鉤索，結束了這場橘色惡夢。

結果，他轉了一手，把那個古董公羊頭車蓋裝飾，以一百二十五元賣掉。

我那笨朋友已從當過一天傾卸車車主的愉快記憶復原；而我，發誓絕不再讓城市鄉巴佬在拍賣會裡閒逛。

不沉默的羔羊

春夏交接之際，我卻必須戴耳罩。這是讓小羊斷奶的季節，母羊、小羊以及鄰居們，都不喜歡這事。

小羊長到一定的年齡和個頭時，牠們不能再拱著媽媽索求母奶，牠們必須學習吃青草、乾草和穀物；牠們也不能整天玩耍，而必須認真面對成長。但通常說比做容易。

把母羊從小羊身邊撤開需要點技巧。我把羊聚到一個斜槽裡，再把牠們分別引向不同的畜欄。但總有隻機伶的小羊會直直騰空跳起，躍過圍欄。而通常也總有隻年輕的母羊，想得出辦法能在最小的空間內轉身，回到牠已長得太大的孩子身邊。

我把母羊趕到遠遠的畜欄裡，可是牠們還是能聽見小羊的哀嚎，並也答以分離的哭聲。接下來幾天，母羊吃的是去年的乾草和一點點飲水，聽起來像是懲罰，但實際上這樣可幫助母羊停止出奶，這過程我們稱之為「弄乾」。

穀倉裡的小羊哭得像走失的兒童，失魂落魄地小口小口咬嚼牠們精緻的紫花暮蓿，對調了糖漿的穀粒視而不見。咩咩聲頗有層次感，且總有個傷心的小傢伙，以女高音之勢哀唱。

你無法拍拍小羊的頭，告訴牠一切終將美好，你也無法對一張苦瓜臉的母羊解釋，牠的乳房並非練拳袋，牠需要恢復身材，需要好好過日子，你無法和「綿羊的」（譯註：與愚蠢、怯懦一語雙關）激情（sheepish passion）理論。

這幾乎是一種體驗「羊的一生」的儀式。一旦斷奶，小羊們好像也不再天真了，小公羊變得比較強硬，而小母羊則變得比較溫順。牠們不再可愛逗人，牠們變成只曉得吃的機器。接下去的幾週，要仔細觀察每件事，包括飼料的變換到遺傳特徵的顯現，以決定哪些適合市場需求。畢竟這是一門生意，雖然我愛這些羊，但牠們並非寵物。務農的鄰舍都知道，幾個晚上的喊叫聲是經營綿羊生意的一部份，但外行人可能會以為我開了一間二十四小時的綿羊刑求室。

數年前，一次牧羊人集會上，研討的專題是「動物的權利與如何當行動主義者」，或許我們的腳步太快了點，但天曉得擁護素食的流行歌手、芭蕾舞星或詩人，何時會向世人宣佈牧羊人的殘酷，並宣稱羊排就是羊的命運呢？

的確，事實上已有一個牧羊人成為誤解的犧牲者了。一

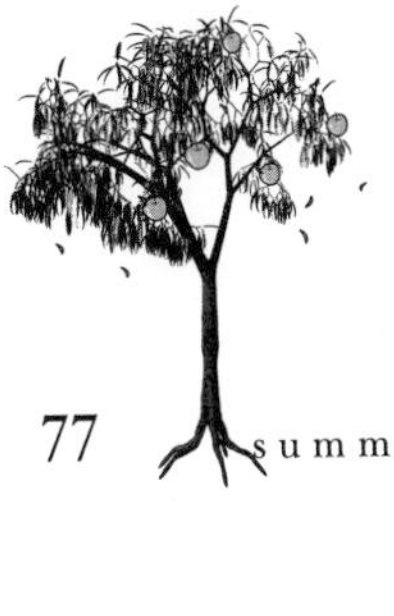

名剛從城裡搬來的菜鳥，聽到小羊在斷奶的叫聲，認為那好像電影「沉默的羔羊」的翻版。他也不先禮貌性查問羊的狀況，就一狀告到動物保護協會。你可以想像當調查員來訪，後面緊跟著那疑神疑鬼的鄰居時，我們這位有教養的牧羊人是如何義憤填膺了。

我把這不愉快的事講給一位養牛的朋友聽時，她大笑不已。她的農場兼營旅舍，她大部分的近鄰又都是最近才搬來鄉下的，而且他們不務農。她知道正在進行斷奶的母牛和小牛勢必引起騷動，所以她暫時關閉農場不接待訪客。可是經過淒厲的第一晚，她覺得應該向鄰居說明，並向他們保證過程即將結束。

她最先拜訪的是一對有小寶寶的年輕夫妻，妻子滿臉倦容，我朋友擔心這下完蛋了。

結果不是，她並非夜裡受牛鳴困擾，而是她正在給自己的寶寶斷奶，寶寶整夜哭個不停。

懷舊小村

我很喜歡去荷斯坦的飼料磨坊，荷斯坦距我的農場約八公里。那是一間老式的飼料磨坊，屋頂有大大的木椽，灰濛濛的空氣中瀰漫著穀物的氣味，一隻常見的三色花貓懶懶地閒逛著，看有無老鼠可捕。在這裡，他們可以幫你調配任何你想要的飼料，要是你願意聽，他們還會提供些意見。大型的藍色鹽塊（譯註：每塊重約十八公斤，供農場動物舔食，以取得鹽分和礦物質，因含鈷而呈藍色）靠一面牆整整齊齊的放著，巨大的樑柱上貼著備忘的紙條，盡是些乳牛、豬、肉雞的飼料配方。

有些磨坊比荷斯坦近，但他們缺少荷斯坦的魅力。我想主要是因為荷斯坦村子本身的特色吧，那是個即使在下雨天去，也蠻有意思的地方。村裡沒有更小的行政區了，觸目盡是帶著大片草地的房子，而門廊下有搖椅的家數，比我見過的任何地方都多。

所謂的主要大街，只有一個加油站、一些貼著屋主姓名的車庫。雜貨店的店名就恰如其份的叫「雜貨店」，你可以在店裡買到任何東西，從豬肉到迴紋針都有。荷斯坦村甚至還生產印有黑白乳牛標記的長袖、短袖套頭衫。

一條溪將村子一分為二，大公園是家庭聚會和棒球聯賽的主要場地。人們依舊閒扯水壩附近曾經捉到魚怪的事。

村內有一隻叫巴斯特的駱駝，就是常見的雙峰駱駝。每每村子有遊行，必定有牠一份。巴斯特的主人是當地的農夫，他設了個野生動物禁獵區，連他的綿羊、牛、雞、鴨也在保護之列。他還養過一群野牛，後來其中一頭野牛竟在他駕牽引機時攻擊他，才不再養了。

路邊木棚養著安靜溫馴的白尾鹿，村裡的小孩拿一手的穀子餵鹿時，會被絲絨般的鹿鼻子觸碰而驚喜不已。斑馬和麋鹿更為地方增色不少，孔雀則在渠道裡自由放養。

星期二和星期五是荷斯坦塞車的日子，因為當地信用合作社只有這兩天開門，由兩名女士經營，極富人情味。出納員叫得出我的名字，而且總抽空跟我聊聊天氣。

星期天，教堂鐘聲大作，信徒聚集的畫面好像老電影裡的一景。

車子開進荷斯坦，便能感受到一股讓人心情浮動的氣氛，模糊的歷史感似乎掌控了人的情緒。我想這就是我不會一次買太多飼料的原因吧。

每次早上我煞有介事寫「待辦事項」時，若有「去拿飼料」、「上銀行」這兩項，總讓我竊喜不已，因為那表示我可能會去餵駱駝吃胡蘿蔔。

羊的美容日

除非你為羊洗過澡，否則你絕對不知道羊有多髒多臭。我是在某個美好的夏天，為了要把兩隻公羊打扮好去參展，才發現此事。

羊看起來蠻乾淨的，春天時剪過毛，牠們都出落得如百合花一般，然後牠們就在各種天候下，在牧場上跳來跳去，成為雨淋日曬的產物。可是要參展就不能只靠大自然的洗禮，牠們需要精心修飾。事實上，那種工作需要一張美容師執照。

年長的同行聽到我要去參展，全都提供了有趣的建議。

「你每天都要把牠們繫上韁繩練習走路，不然到時候牠們會在圍場上繞著你跑。」一位宿耆說。於是我弄了一副韁繩，每天帶羊在牧場上走一圈。由於小公羊幾乎不受控制地拖著我跑，我開始穿舊衣服上操。牠們的行為簡直是亡命之徒，我給牠起了我最喜歡、有叛逆味的鄉村歌手的名字——威利・尼爾森（Willie Nelson）和偉龍・詹寧斯（Waylon Jennings）。

「牠們必須站有站相」是另一個忠告。此人不知怎麼想的，以為我可以讓羊靜止不動，我連叫牠們跟著走都有困

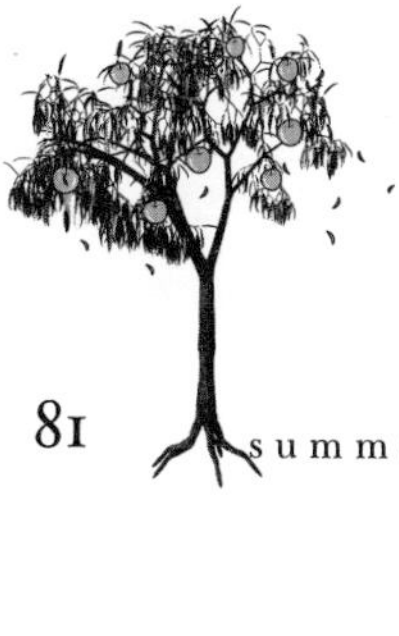

難，還想讓他們站有站相！實在搞不懂。

接下來的教導是「要讓羊適應展示台」，這幾乎像訓練模特兒榮登巴黎的伸展台一樣。從準備過程，我了解綿羊必須修剪腳趾甲，清洗並弄鬆羊毛，羊頭要恰如其分的發光，才能完美亮相。我保證，若是羊有眉毛，有人一定說還需要拔眉毛呢。

當我幾乎想放棄參展時，我想到幫我剪羊毛的茱迪，她這輩子幾乎都在展示羊，閒暇時她在農家少年俱樂部（譯註：4-H Club，鄉村地區的一種組織，教導八至十六歲的青少年了解農事）教交易技巧。茱迪知道我的窘境後，答應來「準備」羊，可是我必須自己給羊洗澡。我覺得自己好像沙宣洗髮精大使。

我買了一大罐又黏又油的牲畜洗髮精，把花園的水管接上水龍頭，這天很熱，正適合給動物洗澡。我將威利撲通推倒在畜欄地上，用修樹的剪刀修剪牠小巧可愛的蹄子，牠也頗了解一切都是照計劃進行的。不過羊不喜歡這套，偉龍的反應就讓我差點瘋掉。

羊毛很能吸收水份，威利和偉龍都浸透時就像濕毛毯，聞起來則像髒毛衣。我給牠們渾身上下打肥皂，污濁噁心的水從羊毛裡流出來，看來，大自然以雨水洗羊的標準比較低。

趁牠們尚未被太陽曬乾前，我打電話問茱迪是否該擦些潤膚霜。

「什麼？你只洗了一次？」她質疑。我聽了差點沒縮成一滴洗髮精，臉部僵硬成塊。「再洗一次！一定要刷牠們的『裝備』，那是裁判一定會看的地方。」

我或許不算農家子弟，但現在我知道夠多動物構造上的怪名詞，足以掌握她的要點。於是我拎著水管把羊再洗一遍，又用最禮貌的方法擦洗牠們的「裝備」。

小公羊似乎頗喜歡全身再度抹了洗髮精的按摩，我為威利洗私處時，牠變得心神恍惚，沖冷水時牠才回過神來。

擒住偉龍的陰囊時，我自覺已掌握到全套洗羊訣竅了。當我跪著像古代的洗衣婦時，竟有車子疾駛進來的聲音。

是令人心煩的保險推銷員。

我無處可逃，沒法藏身。他站在籬笆邊，我完全曝光了。

「揀了好日子洗牲口啊，」這厚顏的小男人說。我全神貫注於手中的工作。

「只需要你在卡車保單上簽個字就好，」他竊笑，搖著他的原子筆，好像渾身濕漉漉正在洗公羊下體的女人，能有三隻手似的。

偉龍發出一串喉音咩咩，我咬著牙，很想展現程度較高

的機智對話。

「這些傢伙的氣管不錯嘛，嘿嘿！」

我全身肥皂泡地從髒水裡直起身來，伸手去拿他吊在手上的筆。偉龍從我身後頑皮地牴了一下。

「看來你需要在碰撞部分多加一點保險。嘿嘿。」他得意地咯咯笑。

「錯了，」我在指定的那頁畫了押，冷冷答道。

我以為他會一路大笑著離去，結果我又錯了，當我開始為偉龍沖水時，推銷員黏著籬笆不放，好像坐在蒂華納（譯註：Tijuana，墨西哥北邊的娛樂城市，有各種賽馬、賽狗、鬥牛或夜總會表演）雜耍秀的前排位子一樣。

「不過，可能需要把保額提高一點。」我吼回去。我看都不必看，就知道這是保險推銷員最歡迎的話。

「你的意思是？羊毛毯保險嗎？嘿嘿。」他得意洋洋地。

「全險如何？」我迅速轉身，手握水管，水柱調到最強。他還來不及逃走就被我噴了一身水了。

茱迪對我的清洗成績很滿意，她沒有多說什麼，但我想我若是她班上的學員，應該會得到不錯的分數。小公羊們一付生來戴慣轡繩的樣子，都服從地走到茱迪的剪毛台上，身子不動，腿垂直站好，背部挺直，下巴抬起。茱迪用她的剪刀、手提修毛器和各式各樣的梳子，很有系統地將羊毛剪成適合伸展台的模樣。在這兒剪掉一點，在那兒弄鬆一點，羊看起來不一樣了。又用噴水壺和其它神秘東西讓羊毛服服貼貼，簡直像擦了造型髮膠咧。

等羊終於定型了，我們向後退一點，站著欣賞茱迪的手藝。

「還有點雜亂，但我們會弄好的。」茱迪表示。而在我看來，小羊發亮的黑腦袋已經蓋上冠軍章了。

施肥日

農家的夏天，總在割草和收成之間，很快地過去。菜圃一直要除雜草，而一般的草生長速度和雜草一樣快速，至於夏南瓜的生長速度，更是不可能趕上。黃瓜會在一夜之間，從醃泡菜用的小黃瓜，長成拌沙拉切片用的大黃瓜，而夏南瓜若不及時摘採，它會長成小型獨木舟咧。

今天我正在盤算如何對付這些夏南瓜時，吉姆送來兩部施肥機，和一個前端填充器。

我總是無法確切知道吉姆何時會來，四月至十一月是機器利用度最高的時期，到處都有工作要做，清理穀倉啦，在田裡撒些大家都心知肚明的東西啦。吉姆只是把你的名字記到他的單子上，當他來的時候，嗯，他就是來了。今年吉姆自己開其中一部施肥機。

他先全面檢視了工作，看樣子這一天無法去釣魚啦。就施肥工作而言，我似乎只能算池塘裡的一條小魚，但試想一下，養羊的書上說，一噸羊每年會產生八噸半的肥料，那表示自從去年吉姆來過之後，我那五十頭左右的母羊，已產出了四十二噸的排泄物，且直到吉姆再度光臨之前，其中約有百分之三十五是無處可去的固體。

吉姆和他的幫手一來就開始幹活。施肥機不知是什麼人發明的，依我看駕駛者上方閃動的燈，想必很值錢。

施肥機是個大鐵箱，下面裝著帶攪拌棒的輪子，能將肥料從後面拋出去。我不懂機器怎麼運作，反正三部施肥機很快就把去年所有的羊排泄物撒滿了牧場，實在是一種相當「有機的」事業。

全部完工大約花了五小時，吉姆估計剩下的時間，剛剛好還夠去他的秘密釣魚地點，那兒有條大鱸魚，他已和牠纏鬥了好幾週。

我運氣不太好，施肥機雖然高妙，但卻無法伸進穀倉的角落，因此那天後來的時間裡，我盡快用鏟子清除羊糞。那是樁不用大腦的工作，我做的時候，儘量不去想我在做什麼。

做著做著就會找到一些好東西，例如，失蹤很久的螺絲起子、一大捲橡皮水管、

我的寶貝巴克刀（譯註：Buck knife，美國刀具品牌，以生產釣魚、打獵用刀出名），這些都不知怎的就深埋在羊圈裡。

現在穀倉乾淨了，而我和我的巴克刀一樣髒。羊對沒有糞堆的景觀感到不解，而牧場上卻又鋪了一吋深牠們十分熟悉的東西。

　　我的肌肉說出它們已結結實實幹了一天活，明天菜圃又會有雜草要拔，有普通草要剪，有夏南瓜要摘採、要醃漬，但或許我也要學學吉姆，找個涼爽的河邊，忘了羊的事，去釣個魚吧。農場生活是可以有點變化的。

古老的誤解

今年，蛇似乎完全現了形。

從早春起，蛇在大太陽下打盹時被我抓到，又在蛇愛出沒的樹根處，發現牠們脫落的皮。

走過草深的地方，蛇偶爾會嚇我一跳，但我不至於對無毒的襪帶蛇（譯註：garter snake，出沒於公園空地或後院的黃色小蛇，是無毒蛇類的通稱，常見於美、加、墨）大驚小怪。說這是佛洛伊德式的想法亦可，由於我從小住在靠近峽谷的地方，那裡有各種蛇、火蜥蜴和蠑螈，因此我一直為蛇著迷。

我父母對蛇似乎沒有成見，小時候，我對其他物種的興趣超過人類，父母也任我去發展。別家去野餐，我們家卻到河床上遊玩，我會翻開岩石，找些蠕動的生物帶回家進一步研究。

有時媽媽把腳伸進浴缸，卻發現裡面滿是蝌蚪，但等我把那「養殖場」清理好，她又心甘情願幫我從花園裡捉蚯蚓，來餵我的寵物。爸介紹我認識一位年長的男士，他是個博物學家，我們會花好幾個鐘頭，從恐龍的命運談到變色龍的變色，那是我看「芝麻街」和玩「任天堂」之前的日子。

上了三年級後，經由動物園、與人交換、以及搜刮垃圾堆，而擁有了約三十五條本地蛇。我似乎對雄糾糾的大蛇頗有一手，不過等牠們生寶寶時，我才知道其實牠們是母的。

我在地下室養蛇的事，將我的朋友分為截然不同的兩派，一派喜歡放學後來訪，另一派連我們家舉辦生日會也不肯來參加。那是我初次遇到非理性的恐懼和偏狹，更糟的是，他們不知道蛇並不侵犯人。

放棄飼養爬蟲類之後，我那些寵物都被放生到合適的住處，希望牠們從此過著幸福快樂的日子。

自從搬到農場，我有機會再度熟悉各式各樣的生物，包括我那些沒腿的夥伴們。對蛇而言，農場可算危險地帶，我發現此事，是我在例行犁田時，竟翻攪出一些襪帶蛇來，當然，隨即我就有憂慮和噁心的現象。

早先，我帶著幾個幫手，重建後面牧場的柏木老柵欄，意外碰到一條有幾何圖案的棕色巨蛇，雖然牠盤著身體，但我敢說牠約莫有一公尺長。那蛇像要咯咯振動尾巴，一群人向後跳開，躲到小貨車後面去了，其中一個強壯的男人，拿了一根約三公尺長的柵欄，想去捅蛇，蛇頭猛伸做出攻擊狀。

被嚇到的這群人一致認為，牠是條讓人致命的響尾蛇。可是我實在無法相信，因為大蛇的尾巴上沒有響環，牠也沒有毒牙，況且，這附近從來沒聽說過有響尾蛇出沒。

我把蛇的樣子畫了草圖，奔回我的圖書室找資料辨認。常見的牛奶蛇（譯註：milk snake，因常出沒於酪農場而得名，呈鮮亮的紅、黑、黃條紋，常被誤認為毒蛇）和小響尾蛇（譯註：massasauga rattler，已瀕臨絕種）在顏色、甚至分布區域上都很相似，可是牛奶蛇像襪帶蛇一樣對人類無害，牠很容易適應環境，但如果受驚嚇時，會模仿響尾蛇振動尾巴，做為威嚇警告，碰到這種蛇不必管牠，牠能控制鼠類的數量。總之，那些想殺害無辜動物的人反而才有危險性。

等我回到現場，那些反對派已經把蛇殺掉了。無疑的，那可憐的生物怕他們，正如他們怕牠是一樣的。牠試圖若無其事地滑行溜走，但他們卻以為牠要偷襲。當我斥責他們殺害了一條普通的牛奶蛇，而他們竟以一個荒謬的故事還擊說，牛奶蛇會在夜間攫食乳牛的乳房。我擠過牛奶，我敢說連最無精打采的老乳牛，都不會支持這種胡扯（譯註：牛奶蛇喜歡在酪農場出沒，是因為容易找到蛇愛吃的老鼠）。

後來我又聽到一些蛇的傳聞，多數都是第二手或第三手的，且事實上，都因盲目的恐懼而搞不清狀況。這種恐懼自從蛇在伊甸園攪局後，便讓牠們一直無法脫罪。

例如，聽說蛇會咬住自己的尾巴，像自動推進的呼拉圈一般穿越田野。蛇難以言傳的邪惡，又因母襪帶蛇在危急時

會吃掉蛇寶寶的說法而被渲染得活神活現。然而我個人的經驗是，蛇就像其他生物一樣，當危險臨頭，牠們也是三十六計「走」為上計。事實是，如果懷孕期滿的母襪帶蛇被殺，剖開時，腹中的襪帶蛇是能夠存活的，這又為無稽之談提供了好材料。

通常你可以正確的訊息質疑錯誤的訊息，但一談到蛇，我發現事實不一定能改變敵視的態度，這和談論政治或宗教有很多相似之處。

儘管如此，我可以拿著一條蛇，讓不信的人觸摸，證明蛇並非黏答答的，但人們還是會感受到他們「想要」感受到的感覺。

因此我現在只把蛇留著自己玩賞。懷孕的野生襪帶蛇喜歡在岩石堆上假寐，俯瞰著池塘。牠們的下一代將要出生了，充滿生氣又滑溜溜的，小蛇很快就會離開媽媽，開始自己照料一切，一如大自然裡的每種生物，都終必成為食物鍊的一部份，有的生存，但多數會死亡。犁觸擊田地時，我會留意蛇的存在，我永遠不會把一條無害的蛇，拋到園子外面。

城市鄉巴佬

某個仲夏日，我接到湯姆的電話。他在市中心工作，專幫人撮合生意。這種人在紙上作業，想點子，然後賣給別人去實現——你可以稱這是一種創意工作，但某些開牽引機來回在田裡捆乾草的農夫朋友，可能不會同意。

湯姆正在醞釀一個和農業有關的構想，他需要設計一個能顯示利潤、虧損、資本利得和折舊的模型，還有其它一堆——若在採草莓季節——我絕不願花腦筋的事情。

他的模型包括牛的、羊的、豬的、雞的。羊的部分，需要我給點意見。

「那每年、每隻——你是怎麼叫牠們的？母羊？——可產生多少磅小羊肉？又每磅小羊肉可賣多少錢？」他問。

我自己過去是個都市女子，老是以為，如果一個人對問題懷有解答，此人必定具備簡潔的性格，而這種人必定是農人——比較貼近大自然的氣息嘛。但十五年的農場生活告訴我，大自然的一切並不簡單，事實上任何和農事有關的問題，根本沒有簡單的答案。

「嗯，那要看情況。」我以養馬的鄰居胡特的慣用模式

答覆他，胡特總是用「看情況」對問題發出告誡。「那要看你養的是哪種母羊，你要賣的是哪種大小的小羊，何時賣，以及賣給誰。這只是開頭而已。」

「好嘛，好嘛，有變數，」我性急的朋友說：「給我最好的建議案就好啦。」

我們含混地用了一些數字，對多塞特品種（譯註：Dorset，以生產羊肉為主）和索夫克品種（譯註：Suffolk，羊毛中等長度的羊）做了一番比較，談論了復活節（譯註：指三、四月間）與八月的價格有何差異，並比較了包裝後的重量和活羊的重量。

我可以聽見湯姆把我們談論的數字鍵入電腦的聲音。變數，這男人喜歡變數。當我告訴他一頭公綿羊可以「伺候」四十頭母羊時，他唯一的評語是「哇塞」。

我們計算完畢，發現養羊賺不到錢，我問：「那養豬的狀況如何？」

「到目前為止還不錯，」他表示，「我從一頭繁殖用的豬——母豬——開始算，牠有兩隻小豬……」

在他尚未計算第二年的狀況前，我不得不打斷他。

「湯姆」我插嘴：「我舅舅農場上的繁殖用母豬，通常每年至少有十六頭小豬。」

「變數更多了，」他嘟噥著。

這個問題我以前碰到過，農場的事總存在許多變數，除非你一次研究一項，不然總會出現變數，讓你抓狂。我曾經處在那種境地，見過、且做過太多次，都已經不覺汗顏了。借用農家少年俱樂部的標語「邊做邊學」，但其實我一直希望做之前，能有人指引方向。

舉個例子，我認識的一位律師有次買下一座農場，當做鄉間別墅。他只對農莊的建築和土地感興趣，他和許多人想的相反，他不是為了避稅，所謂避稅，和「巧克力色的乳牛會產巧克力牛奶」一樣帶有神話色彩。真相是，他只是試圖以稅後所得，來獲取健康的生活罷了。

律師喜歡乳牛，但他並不是要龐大的牛群，他單純是喜歡「我也擁有幾頭乳牛」的感覺。因此他去鄰近的農場，買了十二隻他覺得花色好看的牛，籬笆也豎起來了，還雇了個小伙子照顧牛。能觀賞牛群在自己的田野裡吃草，對他是一大樂事。

繁殖後代的問題接踵而至，突然間，律師變成了農人，

「當然，我要讓他們繁殖。」

他告訴鄰居們。同時他開始詢問誰是最佳的公牛販子。

就如許多從都市移居鄉村的人一樣，這又是個不願讓鄉下人教他細節的都市人，牠們是他的牛，去他的，牠們將會

和最好的公牛一起繁衍後代。雖然身為律師，但他從未真正看過一條有血有肉的公牛，還有，他花了一個美好的星期六下午，向一位專養純種牛的飼育者選購，那人擁有一面掛滿錦標的牆，可以顯示他的牲口多麼優秀。

他為那十二隻母牛買下了十二隻公牛，並說好下個週末送達。雖然養牛的人試著解釋給他聽，牛並非一夫一妻制的動物，但律師的堅持和對致富機運的幻想，使所有忠告都為之失色。

卡車要停到路邊的當兒，管牛的小伙子有點不安。

「你不能把牠們放到那邊去，絕對不行！」卡車緩緩駛入牧場時，他警告著。母牛都正在吃草。

「我的母牛，我的公牛，用最自然的方式。」律師說。他充分相信，歡鬧的小公牛和美麗的小母牛，將會自行配對，在落日餘暉下悄悄地製造寶寶。

柵門打開的剎那，恐怖的牛群衝出，好像美林證券公司的廣告裡跑出來的東西——公牛狂野地低頭猛衝，腰部充滿怒氣。

小母牛們都呆立不動。然後小公牛們決定互相追逐。畢竟，當一隻公牛看到一打母牛時，牠會想將每一隻都佔為己有，牠不預備和兄弟們共享。

結果動用了六個男人和三匹優秀的驅離馬（譯註：cutting horse，指一種受過訓練的馬，能將某頭牛從一大群牛中驅開或調遣，多半由強壯敏捷的賽馬擔任此種工作），去清理後來那騷亂放蕩的場地。

一些公牛被帶到別的穀倉去隔離，其餘的則用鼻環拴在律師的穀倉裡。母牛們搖擺腦袋，神情困惑。消息傳遍左鄰右舍，大家知道未來十年都不愁晚飯的話題了。律師承認他可能買了超過他所能掌控的公牛。

牧牛的少年選擇了其中一隻做為種牛，其餘的都在拍賣會上出售了。只是律師一直沒有得到優良的小牛。經過那次大笑話，他連到超市，都會聽到身後有人交頭接耳，故事還在繼續散播。

律師賣掉了農場，買了一座滑雪用的小木屋。

至少在滑雪時，你知道一條腿得配一個滑雪板。

我希望湯姆的農場模型有好結果。因為總有一批想接近自然、也懂一點變數的都市人，會將資金投入農村。但如果湯姆打電話來，說有一卡車的公綿羊要出售的話，我會告訴他「你撥錯號碼了」。

沙灘上的農夫

到了七月，第一輪的草已割下曬乾，農場生活能稍喘一口氣。此時，我才有空閒留給自己，騎馬玩玩，在園子裡逛逛，看植物如何生長，不時停下腳步，嗅嗅芍藥的氣息。

每年這個時節，池塘的水位自然下降，青蛙將池水據為己有，只有在聽到腳步聲走近，才急忙跳進水裡尋找掩護。今年我決定改變一下，我要到真正的沙灘去。

在沙灘上，你總能從人潮中一眼看出誰是鄉下來的，例如，你會注意到農人的後頸部是曬成棕褐色的——正好在棒球帽邊和T恤的圓領邊之間，有些人輕蔑地稱之為「紅脖子」（編註：從前美國南方居民多以務農為主，因此皮膚——尤以脖子處被曬得通紅，北方居民就常譃稱南方人為「紅脖子」。）我一個朋友說那是「農夫頸徵候群」。棕褐色的皮膚止於領邊，到手肘上方又出現了。

手部的膚色又是另一回事。乾草或稻草打捆時，最好能戴一雙耐磨、露指式的手套，以免麻繩割傷手掌。在驕陽下，這會讓手指曬黑，而手背依舊白皙。像我自從不愛穿襪子後，棕色便延伸到跑鞋邊緣。

所以一旦穿沙灘裝和涼鞋的季節到來時，我才意識到自己額頭上等於明白寫著「我是農夫」。

沙灘景觀各地都差不多——海鷗在你頭頂盤旋，空氣裡洋溢著熱狗和漢堡的味道，連綿數哩都是戴墨鏡和邋遢軟帽的臉孔。水波和沙子灌進鞋子裡，所聽所聞不再是牛、雞、羊。

沙灘上也有膚色好看的人，事實上，有些人曬得相當「專業」。反觀自己，我大腿和身體上半部都是蒼白的，腳趾也是白的，膝部和手臂下半是古銅色的。我發現自己像一片麥田裡的野薊。

為了稍做遮掩，我決定去水邊時一直戴著棒球帽，然而沒人注意我，沒有小孩問媽媽那位阿姨為何皮膚有兩種顏色；沒有人在背後笑我，也沒人問我要不要留在家裡擠牛奶。

浮在喬治亞灣（譯註：Georgian Bay，臨五大湖之一的休倫湖）寬廣的湖面，和漂在農場的池塘裡，感覺截然不同。湖面有滾動的波浪，有暗流帶來的暈眩感，以及水天交接處的地平線。我不經意地練著自由式，一個浪捲上來，擷走了我的帽子，把它沖到看不見的地方。

半小時後，我覺得涼快了，可以返回沙灘。湖水將一大

堆日常煩擾清掃一空，我不再細想菜園裡折磨馬鈴薯的甲蟲，不再忖度火雞換新居的工程細節，或苦思鑿子是買還是租較符合經濟效益。

我剛要拿大毛巾，一個膚色曬得極為完美的年輕男子跳著跑過來。「我想我找到你的帽子了，小姐。」他拿出濕濕一團有紅邊的東西。至少顏色對了。

我拿過來細看。我的帽子是一個農事機械商給的，帽上有牽引機圖案，但我手中這頂溼透的帽子，只寫著「農夫在乾草堆做那事」的字樣——哈，我被發現啦。

古銅色的男孩已消失在棕色人群裡，那天，某位農夫沒戴帽子離開沙灘，不過那不是我。

小插曲

這天，是個燦爛的夏日早晨，太陽閃耀著，微風拂過楓樹，你幾乎聽得見玉米在田裡生長。因此我在屋內睡著了。

然而，我的伴「麋鹿」卻認為這麼好的天氣，他寧可出外探險，做一年一度的騎乘之旅。

「麋鹿」個子不小，也不是馬術專家，對這兩點，「淑女」立刻就看得一清二楚。「淑女」是我所騎過最平穩的馬之一，但「麋鹿」一騎牠，牠就變成像踩高蹺急速亂跑的瘋子。因此所謂年度出遊，常須簡短、點到為止。

因此我實在蠻訝異的，起床時竟聽到疾馳的馬蹄重擊地面，聲音一路傳到前門口。馬和騎士都氣喘吁吁，「淑女」噴鼻子以示不滿，而「麋鹿」喘著氣地說：「快來看，老天賞給我們一匹馬呢。」

當然嘛，我總幻想著有更多馬不經意地走入我的生活，只是通常人們拋棄在農家門口的，是沒人要的貓、狗。

我們試圖在這匹身分未明的馬附近尋找人跡，發現了一條車子壓過的軌跡通到玉米田裡，結果在半掩的樹後，有一輛優雅的黑色門諾派教徒四輪馬車（譯註：門諾派教徒保有獨

特生活方式，多數人現在仍以黑色馬車為交通工具，只有少數年輕人會買黑色汽車），套著籠頭，駕馭用的繩子從一根樹枝上掛下來。

鳥兒在樹上鳴囀，除此外，馬車四周沒有任何生命跡象。由於我倆都是從都市來的，因此我們立即聯想到犯罪行為。我住的地區有相當多門諾派教徒，他們的信仰方式很少人了解，其個人生活習慣又常顯露偏見，舉止古怪。

我們一面嘀咕這回可能又是惡作劇的人或鄉下人拋棄動物，一面準備將馬帶回自己的穀倉，因我們已尋找過馬兒溫文、愛好和平的主人，他八成正在參加禱告會，或幫忙農家募款事宜。正當我們要離開現場，一陣沙沙聲從灌木叢傳來，一名頭髮蓬亂的門諾教派少年現身了，他打赤腳，襯衫卻扣得好好的，他羞怯地解釋，他初到此地，還不曉得附近有人住，所以他把車停在這片樹蔭裡，好讓馬兒涼快幾分鐘。

我是懂馬的，也了解人們過一段時間就丟棄動物的習慣，我心想，這匹乾巴巴的馬，早已站著涼快好幾個鐘頭了。

然後灌木叢中再度發出沙沙聲，一個蘋果臉蛋、約莫十六歲的姑娘出現了，她一邊謝謝我們關心那匹馬，一邊忙於從她的黑色長裙上撣去青草。

「麋鹿」和我在走回穀倉的半途中，笑得一蹋糊塗。如果下次老天爺要送我們馬，我想我們會給牠取名「羅曼史」。

菜園保衛戰

早晨六點，綿羊湧向農莊前面的草地。

我發現這五十隻毛茸茸的乞丐，在牽牛花叢裡搜索糧食，次日我便辛辛苦苦拖了四百捆乾草，放到佈滿灰塵的穀倉。這會兒我剛從沉睡的困倦中醒來。

等我到了前門，難以控制的小羊們已經佔領了農莊的門廊，把持著狗盤子裡的剩飯。我的秋田狗絲黛拉——是個體重四十五公斤的毛球，活著只為吃——簡直快犯心臟病了，牠盡力不嚼到羊毛。

綿羊看見我時，猶如球池裡的球，擠得到處都是。圍籬另一頭八成有什麼東西，讓牠們好像打了腎上腺素似的，因為連最可靠的母羊都開始亂跳亂踢。羊群兵分二路：一隊全心全意吞噬著天竺葵，另一隊則專注於探索菜園。

菜園！我那一排排整潔的青豆、豌豆、萵苣和甜玉米正在生長哪！我聽過一句俗諺說：「娶個新妾開心一星期，殺頭豬快樂一個月，建個菜園能讓你快樂一輩子」，前二項我沒試過，但我衷心接納第三項建議。

突然間，母羊整齊劃一地從牽牛花叢抬起頭來。如果牠們是漫畫人物的話，牠們小腦袋上方對白裡的燈泡一定是發亮的。

「拜託，」我乞求：「不要弄壞菜園！」

綿羊並非革命者，牠們不像雞會密謀數週，逃出籠子，也不像豬會等待開門的瞬間尖叫著竄出。綿羊沒有預謀，可是如果牠們發現自己竟已出到圍籬外面，那牠們無政府主義者的天性，就要顯露無遺了。

菜園似乎是不可避免地要被摧毀了。

邊跑邊叫的嚇唬，對羊似乎沒什麼效果，牠們覺得有趣，一高興就更會繼續搗亂。

我光著的腳立即跳進我最可靠的威靈頓靴（譯註：農人工作時常穿的厚重黑色紅邊橡膠靴，起源於英國威靈頓公爵時代穿的靴子）裡，用手邊最方便的方法——打開灑水系統——來制止羊群。由於以為夏天會乾旱，早春時我已在整個菜圃裡埋下噴水孔，扭開龍頭只需幾秒鍾，菜園便充滿了美麗的水柱。

綿羊不喜歡被驚嚇，才一分鐘，牠們就都惶恐地後退到碎石徑上。

給牠們五分鐘時間，外加一桶穀子，整個羊群靜靜地回到田野裡。綿羊會為了一把燕麥跟你到任何地方，只要一隻母羊聽見穀粒在桶子裡沙沙作響的聲音，所有的羊就會跟在後面，嘴邊掛著還沒吃完的牽牛花——那是牠們隨興為草地施肥時摘的。

一刻也耽誤不得，我馬上著手修補柏木柵欄上一個六十公分寬的破洞，那足以使整群的牲口爬出去尋找自由。綿羊是慣性動物，牠們不太能接受失敗，而牽牛花對牠們有說不出的誘惑。

弄完時大約七點，我拍掉膝蓋上的塵土，回到我那泡得濕濕的菜園，在霧狀的水柱裡讓自己涼快一下。羊又被我用機智唬過了，我覺得自己像菜園防禦戰略的最高指揮官。

絲黛拉很酷地坐在門廊上，守著牠空空的碟子，對我投以威脅和好奇的眼神。我猜牠大概從未見過全身溼透、穿著粉紅色娃娃圖案睡衣和威靈頓靴的女人，而且一大早嘴裡嚼著剛沖洗過的胡蘿蔔。

貓頭鷹

農場後面的灌木林住著一對大角鴞，晚上我聽得見牠們「嗚—嗚呼」，那是種低低的、恐怖的聲音，直叫我重溫在營火下說鬼故事的情景。

我只在月光下看到牠們幾次，從高處俯衝牧場尋找獵物，牠們是無聲無息出獵的大型鳥，一旦看到了美味在草叢裡移動，牠們即以驚人的速度降落並一把抓住。

狩獵行動看起來很戲劇化，充滿力量，也很嚇人，但你必須承認有種無法抗拒的優雅。

我喜歡有貓頭鷹住在家附近，但我希望牠們和我的雞保持距離，固守牧場尋覓晚餐就好。

我自認對養來賣雞肉的白色來亨雞，並沒有愛慕之情，牠們又吵又臭，智商無疑比體溫還低。然而，不管牠們的生活多麼缺乏迷人特質，卻沒有什麼能和豐滿多肉、在農場長大的烤醃雞相提並論，使星期天的晚餐更為出類拔萃。因此我樂意忍受牠們同類相食的惡習、愚蠢的雞把戲，外加永無間斷的刺耳咯咯聲。牠們存在的意義，遠超過捉摸不定的貓頭鷹糧食問題。

問題是我從養一百隻雞開始，現在拜角鴞夫婦的光顧，只剩八十九隻羽毛完整的幼雛了。

雞的腦對鴞而言，一定像是魚子醬，因為鴞只吃雞頭，你可以想像，誰要是發現那些長翅膀的兇手砍下同伴的頭時，會多麼倉皇失措。

本地農人都說，唯一的辦法就是晚上要把雞鎖起來。這建議很好，只是我養的雞是有機式的，牠們在圍籬內自由放養；你喚牠們，牠們不會過來；牠們也不熱衷宵禁。

巨大的楓樹枝為開放式的雞籠遮蔭，晚上雞就棲息在樹上。我懷疑大樹枝被角梟當做瞭望和出擊的椅子，但我不預備把它砍掉。

我和地方上的環保幹員討論過，他表示由於貓頭鷹捕食我的牲口，我可以合法射死牠們，不幸的是，我受過的打獵訓練告訴我，夜間以獵槍射擊不是安全的行為。

我的確喜愛貓頭鷹，不管怎樣，我無法因著牠們和我一樣喜歡雞，就找藉口讓牠們化做一灘羽毛。

環保幹員說，要把貓頭鷹騙進人類佈置的陷阱很困難，而且牠們對於在燈火通明的地區狩獵也不害羞，牠們不怕噪音，一旦環境有異樣，牠們會機警地換不同地點出擊。

這時我想起了雪橇鈴鐺和紅鶴。

幫雞的活動範圍加裝防護罩花費可不小，但假使有什麼東西是我已經累積很多的，那就是捆乾草的粗麻繩，還有一樣東西是我在某次車庫拍賣（譯註：北美居民常利用車庫出售家中無用的東西）中忍不住買回來的——一籃特大號的雪橇鈴鐺。

我將養雞區交叉掛上麻繩，繫上鈴鐺，又把一直放在地下室的塑膠紅鶴拿出來，這些紅鶴原本是我的農場助手開玩笑放在堆肥上的。黃昏時分，養雞區裡裝妥了紅鶴，當鈴鐺隨著微風叮叮噹噹，雞群將進入甜美的夢鄉。

一週下來平安無事。我不時移動紅鶴的位置，並確信都是雞在吵吵鬧鬧，因此對聲音充耳不聞。終於有天約在半夜，好大的嘩啦一聲，我走到窗前看怎麼回事。

簡單說吧，鈴鐺是為我和我的大角鴞響個不停。

晚間我依舊聽見鴞的聲音，但牠們似乎修正過菜單了，又回到牧場和剛剪過草的乾草區去覓食。感謝雪橇鈴鐺和紅鶴，我的雞都能保住牠們的小腦袋，至少到目前為止是如此。

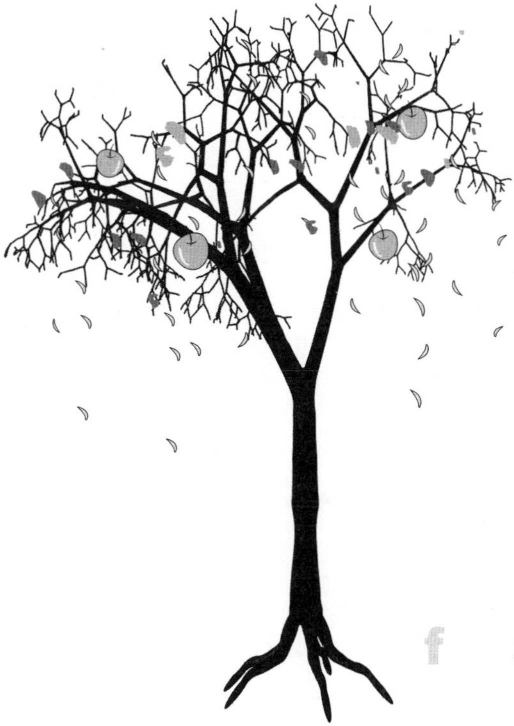

秋天 fall

詭異的鄉俗

那年是我搬到鄉下的第一個秋天，我準備著要過冬。大家都說今年冬天會很精采。有位農人說從他的牛的毛皮質地就可看出，另一位農人說雁提早南下就是兆頭，一位從事有機耕作的農人，花了數小時說明蚯蚓的外觀，和蚯蚓在地裡活動的深度有所改變。顯然，不是只有我想到冬季將至，水管工人忙到只能在晚飯後抽空幫我的穀倉裝置熱水槽。太陽下山了，我等候著，留意是否有車燈照亮小徑，但沒有人來。

第二天我打電話去，工人說他晚餐後來過了，可是沒人在家，他到穀倉看過，知道水槽該裝在哪裡。毫無疑問他確實來過了，因為他形容了狗、羊和菜園裡的稻草人。我覺得自己如墜五里霧中。我怎麼會沒碰到他？

「嗯，我大約一點半去的。」他說。我思索了片刻。

「抱歉，」我表示：「我出去了，因為我以為你晚飯（dinner）後過來。」

「我就是啊。」

那是我初次見識鄉間的談話方式。在我們這地方，dinner是指午餐，而supper才是指晚餐。lunch是週末親友聚會的場合，是白天的大餐，lunch也是指三明治、生菜沙拉和甜點，是女士們會帶去赴晚宴的東西，這種晚宴通約在晚間十一點、心情鬆弛之後舉行。

鄉村語言有時頗複雜，像「chicken」（雞）一個字是無法把事情表達清楚的，例如，pullets是指成熟得能下蛋的母雞；layers則是指正在生蛋的雞；星期天晚餐用的roaster（烤雞），通常由roosters（公雞）擔任；broilers則是商業養雞場用來供應速食餐飲店的雞；capons（閹雞）是減去荷爾蒙的roosters，意即牠們像hen（母雞）一樣擁有大胸脯。以上所有雞又都可叫做fowl（家禽）。

地方性報紙刊載了所有的社會新聞，假使我想要知道我們這裡誰和誰喝茶，誰要辦同學會或寶寶贈禮會（譯註：baby shower，美加紐澳等國習俗，在嬰兒將要誕生前由朋友為準媽媽舉辦的聚會），那就一定要看「小愛爾蘭」這個專欄。愛爾蘭人似乎是最早開拓這個地區的人，儘管現在各種人種都有，從門諾教派信徒、葡萄牙人到蘇格蘭人，但現今的風俗民情，依舊殘留百年前古人的影響。同樣，古老校區沿用的地名，也仍然堅持過去的地方特色——什麼「綠灌木林」啦、「蜂窩」啦、「白楊樹林」啦——而這些地名所代表的真實景觀，在地圖上是看不見的。

一旦要找路，會把人弄瘋掉！

幫我拔雞毛的人有一次對我說：「你開車經過舊羅斯，就是魏先生在穀倉燒掉前住的地方。然後你在柯家的男孩子正在蓋的新青貯塔（譯註：農家貯存新鮮飼料的筒型穀倉）前右轉，開過『綠灌木林』學校所在的舊址，就是他們蓋的雷太太一直到進療養院之前所住的白房子那裡，我的農場就在向南的下條路。」為了找他的農場，我耗掉的時間，幾乎和他拔該死的雞毛同樣久！

除非回到君主封地給你祖先的時代，不然你好像根本不是住在自己的農場上，例如：要是前任屋主曾持有這份產業達好幾代，那你的農場在你有生之年，都脫不開他名字的陰影。但如果他只短期擁有，或（老天不許可）產業是被某家以編號為名的公司（譯註：西方企業多數習慣以企業主的姓氏命名，但某些公司企業卻是用向政府登記註冊時的編號為名，例如「八五六七安大略有限公司」，鄉下人認為一家公司不公開姓名，其中必有詐，而偏偏一些城裡人在鄉下買產業時，常登記在自己的「編號公司」名下，越發加深了鄉下人的疑惑，因此這種農場當然更不可能以那個編號去稱呼了。）所持有，那麼你的產業，仍會用曾經持有最久的前任屋主的名字來稱呼，就算你掛了許多標誌，把穀倉漆成青綠色，用兩公尺半高的紫色大字寫著「彭先生農場」，但地方人士還照舊說，你住在「老提登地」。

而事實上，由於許多人使用和信箱上姓名不同的名字，使這種情況更加嚴重。男人尤其如此。我在酒吧裡聽過關於一些綽號的說法。

拿一個綽號叫「蜘蛛」的傢伙為例吧，他的真名是湯馬士，但就算他母親在正式場合，也叫他提姆。他又名提姆-鮑伯，因為電視影集「華頓家族」（The Waltons）當紅的時候，朋友認為他長得像劇中瘦長的男主角（譯註：由演員李察・湯瑪士飾演，他和綽號提姆-鮑伯的拓荒先驅湯米・奴南長得很像），而他又因身材瘦長被叫做「蜘蛛」。

真名李察的盧尼（雖然上至老闆、下至女友都叫他李克），會像電視節目「六十分鐘」的評論員安迪・盧尼那樣嘀嘀咕咕。本地的唱片播放員竇・克爾一直被叫做薩得，或是更親暱的薩得瑟。道路監督員被封為「坑洞之王」，可是如果你要指一個坑洞給他看，那你就該叫他「丹摩」（譯註：ask for Demo，意同「要求示範」）——因為在酒吧泡了漫長的一晚後，他需要找人送他回家，然而，在司機還沒有選出來前，他竟想砸毀停車場上別人車子的保險桿，這便是他又名「示範」（丹摩）的由來。

我的鄰居休斯登（Houston）把自己的姓唸成豪斯登（house-ton），而我叫他胡特（Hooter），因為割乾草季來臨時，他就叫罵（hoot）並發牢騷（holler）。為了以牙還牙，他把我的伴叫做「麋鹿」（Moose），而我順理成章變成「麋鹿太太」。任何名字也都可以在後面加個「貓」字。我不知這和搖滾樂迷（譯註：beat genration，亦指失落的一代）或是爵士樂迷（hep cats，雙關語，字面意思為消息靈通的貓）有沒有關聯，反正最後你會和什麼「鮑伯貓」、「湯姆貓」以及「麋鹿貓」，在酒館裡喝上一杯啤酒。

在鄉間，未婚同居這種事是無法被接受的。如果一個男人連續三晚，被看到他的車子停在你的車道上，而你至少和他一起出席過一次社交場合，那你們就會被看做一對了，要解釋人各有志是無補於事的。如果兩個男人無論是什麼關係，長期住在一起，最後他們會被稱為「光棍」；年輕的男子住在一起會被稱為「傢伙」；兩個沒任何關係的女人不論多大年紀，她們若住在一個屋簷下，會被稱為「女孩們」。性的偏好很少會在咖啡店之外的地方討論，每件事、任何事，都會在咖啡店裡傳播、討論，被判罪或被支持。

如果你是剛下鄉的菜鳥，你要準備被人行注目禮，但除非你先開口，否則別人不會對你說話。這對某些人可能太難受了。我有一位極度內向的朋友，在鎮上買了一棟古老的大宅，預備翻新，可是卻半途而廢，因為她受不了經常被盯著。但如果她能主動說明她的背景，以及她對那房子所做的事，他們可能就不會盯著她了。

在鄉間，或許你還是能擁有隱私，可是你無法禁止人們打聽你的背景。只不過他們不用竊聽器罷了。

多年前，演員麥可・薩若辛和賈克琳・貝茜，和友人勞勃與瑪琳・馬克蘭在艾格蒙鎮住了一個月，薩若辛當時剛演過提名奧斯卡獎的電影「射馬記」，而貝茜主演的「深深深」正在鎮上的羅西電影院上演。他們是電影明星，他們閒逛到雜貨店時，人們必然眼睛一亮。鎮上從來沒有人被索取過那麼多的親筆簽名。他們在等雞胸肉剔骨頭時，勞勃介紹貝茜認識超市經理比爾，他一共只說了句「幸會，夫人」。直到今天，如果你問比爾，他還會指給你看他遇見貝茜的位置，以及他當時如何為顧及她的隱私，而佯裝冷漠，近乎失禮。

一旦你習慣了鄉下人說話和指路的方式，鄉村也只是另一種生活風貌。問題只是在語言表達方式，你最好記清楚，邀都市朋友來dinner，是指他們來吃晚飯，為人指路最好畫成地圖，連帶詳盡描述宅院，包括在找到正確小路前，會經過多少信箱。你會習慣性介紹自己家是過鐵道後左邊第一棟，但現在看不到麼農莊沿鐵道矗立了，因為鐵道已經不存在了嘛。

反正，你只須入鄉隨俗，一切終將豁然開朗。有朝一日，你醒來時會發現自己有個丟不掉的外號。不管你多努力，你不可能從閹過的雞得到蛋，而只要一隻蛋雞停止生蛋，牠就得準備踏入燉鍋，無論你計劃白天還是晚上吃。

每個冬天都會是最棒的季節。

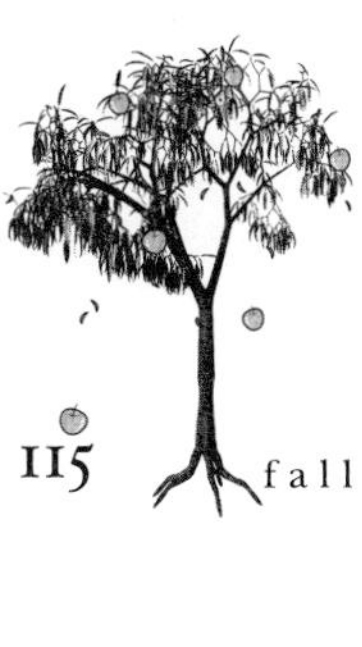

與愛何干

勞工節（譯註：九月的第一個星期一）那天，我稍稍做了點改變，我派農場上最懶的羊去幹活。那天，公綿羊開始認真工作。

其實也算不上多大的負擔，畢竟這位男士一年就做這二、三次工，每次最多三十天，而且稱不上體力勞動。

事實上，工作內容是強壯的公綿羊所夢寐以求的。

要牠做的，就是和一群崇拜牠的母羊交配。牠是個受母羊青睞的小伙子，相貌平凡單純，體重達一百一十三公斤，良好的父系基因正有待發揮。一旦完成工作，牠便可以臥在青青牧草上，一直休息到下一季來臨。聘雇條款十分嚴格——不完工，便走路。任何雄性物種，要想在任何農場上長住久安，都是不太可能的。哼，甚至都不需要公雞，母雞就可以下蛋。

在酪農場，只有特別傑出的公牛才有資格當種牛。而那些幸運夠格的公牛，後來從未真正享受過浪漫時光，因為牠們的精子被收在無菌試管內，分成好幾個小單位，稱之為「吸管」，用來為乳產豐富的母牛做人工授精。

肉牛也是如法炮製。分級嚴格，純種少年牛郎中的佼佼者最終送去實驗農場，在那兒被評頭論足，從平均一天能長幾斤肉，到生殖器的大小，都要評估。

尺寸大小在農場上是件重要的事。像我就絕不會考慮用小個子的公綿羊來育種，就算長相英俊也沒用，就如拳擊界所說——「真理存在捲尺內」。

數年前，我參加一個綿羊展，在激烈競爭的環境下進行銷售。有個傢伙聲稱他的公綿羊是有史以來在草地上走的最佳動物，牠也確實漂亮——洗得潔白如雪，黑得發亮的蹄子，閃著光芒的黑臉，還有一串像羊肋排骨那麼長的純種家譜。

不幸的是，當檢查動物的獸醫要求量身時，竟發現這頭漂亮公綿羊的陰囊周長少了幾公分，而那正是種羊最關鍵的評估項目。

當人家告訴他不及格的原因時，可憐的主人頓時陷入茫然。

男子氣概和公羊特性儼然是同一回事。

羊主請求重新計算，但量身的結果只是再度令人難堪而已。

獸醫離開時直說「我沒有個人偏見」，羊主人臉紅脖子粗，被男性荷爾蒙激起沖天的怒氣。

那頭尺寸嫌小的羊被悄悄帶出展場，而憤怒的羊主人需要三個人護送，以約束他不准亂罵。這是少數幾次我看到一個牧羊人輸得那麼慘。後來，我也再沒見過他或他的羊上台展覽。

而我，頗能自傲的說，我的邁格納通過了量身。牠強健俊美，眼中閃著光芒。勞工節那天，我要給牠穿上皮背心——繁殖挽具，胸前有鮮明的蠟筆標示。然後帶牠到繁殖場，精選過的母羊已在那兒等待了。

接著，就讓牠在不受監視的情況下工作，蠟筆記號是唯一來自我的打擾。每當邁格納發揮一次魅力，蠟筆的顏色便在母羊身上留下印記。幾週內，整群母羊背部都將染上紅色條紋。

我幻想其中有些許浪漫——咩咩和咕咕的溫存時刻，但，那只有羊才知道嘍。

我會知道的是，邁格納是否盡職，我想牠沒問題，到一月下旬，或許到超級盃頒獎儀式中場時就知道了。孕育小羊的過程從開始至結束，約需一百四十八天至一百五十二天。因此我推估，勞工節當天迷住邁格納的那一、二隻母羊，必然要等到足球季（譯註：每年九月至次年一月）最後一場比賽結束，才會臨盆。

反正，邁格納最好祈禱上述事實如期發生，否則牠將失業，外加砍頭。

三振，夏天出局

對我來說，夏季正式結束於慢式棒球（Slo-pitch，譯註：軟式棒球的一種，一隊有十名球員，投出的球須呈拋物線，高度約九十公分至三公尺）聯盟的最後一場比賽。它在美國大聯盟開幕前就早已開戰了，那時漆樹還垂著深紅的果子，雁也正預備南飛。球賽結束時間是可以確定的，因為慢式棒球永遠不會發生一般棒球隊那種罷工事件，那些百萬身價的球員和球隊老闆們可能認為比賽可以混，但小鎮上的每個球場上，放暑假的男孩女孩卻無一不賣力地想擊出全壘打。

小時候，經常看我六個舅舅在灰沙飛揚的舊球場打棒球，那地方可沒什麼時髦的夜間照明設備，村裡的觀球台上會坐滿家人，如果比賽一直進行到天黑，小汽車、卡車便環繞球場四周停放，大家藉著前車燈的光看完比賽。揮棒的爆裂聲，投球的呼呼聲，以及無數次球緩緩凌空而降的時刻，我身材魁偉的大舅在捲起的塵土中、在壘包之間衝鋒陷陣——球場真是一片夢土。

我現在並非棒球球員。有一次我栽到似乎具有超強吸力的一壘手身上，膝蓋受傷，那一季就這樣結束了，後來一頭

牛又踢到同一個膝蓋，從此我便被放到候補名單上。

但我是個球迷，我支持的球隊是「UIC飛行者」，他們成立約有十年之久，當年多數球員靠失業保險金過活，如今一切都不同了，他們都有工作和家庭，只是仍然沒有全套的棒球制服。

小鎮的球隊沒什麼花樣。「飛行者」穿的T恤，是由他們所選擇的贊助者——一家營造公司和一個做除雜草的人所提供的。他們不用一般慣用的球員選號，而決定每件T恤都寫「一號」就好了。棒球帽是每名球員都有，不過除非烈日當空，他們都是帽舌向後反著戴。

棒球未必就是快速球，那樣只適合年輕人玩。慢式棒球屬於溫和的棒球，它像是在治療老人病的海灘上，一根朝著草地保齡球移動的路標；沒有令人目眩的投球，它是用手低於肘的方式投球；沒有戲劇性的肚皮貼地滑入本壘動作，因為那樣太髒也太危險，跑壘的人只是小跑過壘包——此種速度，能讓球員打到六十多歲。

我知道一個名為「球棒」的球隊，他們自認還很厲害，邀集年輕球員和高竿的打擊手，結果被人家取個綽號叫「笨蛋」。慢式棒球是為了好玩。有一年一個叫「打擊大師」（Master Batter）的隊去參加某決賽，擴音器喊隊名時聽起來不大對勁，變成連起來的一個字了。除了球員的太太之外，每個人都大笑不已（譯註：Master Batter被誤作masturbate，即手淫）。

每一季總有一場完美的比賽。在那種比賽裡，每個球員都像勞勃•瑞福在電影「天生好手」中的表現一樣，是那種每隔一局就出現雙殺和全壘打的球賽。

球迷一片狂熱，棒球語言取代了日常的說話方式，例如，一記低飛觸地的球被稱為「燒蚯蚓的機器」；投手裝樣子沒有真的把球投出去，就說他「投出看不見的球」。聯盟裡總會有那麼個傢伙，從頭到尾都不停唸叨著：「長點眼睛，就是這球啦。棒子伺候著，棒子正熱。輕輕一擊，球碰到外野就好。」

有一年，「飛行者」連輸了十四場，可是仍然拿到冠軍，他們認為這是好兆頭，隨即宣稱自己就是世界冠軍。

因此不免有一番慶功宴，球隊提議週末在我農場上辦桌。年輕人可能認為是辦野宴，但「飛行者」辦得比野宴更講究，例如，我很驚訝一隊人馬竟花了整個週末，馬不停蹄搭起一座六乘九公尺的有篷舞台，安裝了能讓八人樂隊揮灑自如的電子設備，甚至還搭建了一座臨時小屋，門上配著時髦的新月裝飾。

星期六下午，川流不息的露營客攜帶各式帳篷、拖車以及小孩和烤肉架前來赴會，有人弄來一卡車野餐桌放置在舞台前方，裝飾小組則把松樹裝上耶誕燈飾。那天晚上很冷，

每個人都圍聚在營火前，二壘手充當唱片播放員，曲目從鮑伯·狄倫到包伯·威爾斯應有盡有。

不久正牌歌手出現了，鄉村歌曲和西部音樂的吉他手、愛爾蘭吟唱歌手逐一登場。一時之間，從曼陀鈴到小硬幣都和諧地混聲合唱。上晚餐前，風笛和薩克斯風二重奏「驚人的恩典」，接著有才藝競賽，一壘手以出色的霹靂舞贏得第一。我上床前，營火在「康巴雅」的旋律聲裡漸漸暗淡。

翌日早晨，燻肉和雞蛋的氣味瀰漫在空氣中，球員的孩子們在牧場上玩著棒球，游擊手克雷宣佈他和艾莉小姐訂婚，「飛行者」全體舉杯祝賀，我則幻想著我的玉米田變成棒球場，那些歷史名字將在此現身。

星期天晚間，農場再度屬於我，空空的舞台很快就覆蓋了乾草，等著冬天餵牲口用。夏天在歌頌棒球的熱愛中恰當地結束了。

安妮的蘋果

綿羊是好奇的動物，如果一群中有一隻對某項事物有興趣，那所有其他的羊也會和牠一樣。

有年秋天，一隻現在被我稱為「蘋果安妮」的母羊，對掉落的水果發生高度興趣，當多數蘋果都從我廚房窗外小片草地上那棵古老、枝節彎曲的蘋果樹摘光之後，我讓羊群下午在其上漫遊，尋找被風吹落的甜美果子。

「蘋果安妮」認為果園便是伊甸園，每天下午兩點半，牠就等在果園門口，滿臉期待的表情，像十歲小孩排隊等冰上曲棍球明星親筆簽名那樣熱切。

自然嘛，其他的羊都看到牠在那兒，牠們很好奇，所以不久整群羊都聚到果園門口了，咩咩著擠來擠去，小腦袋裡充滿蘋果的意象。

安妮領導羊群大隊進入果園，鼻子一直接近地面，牠聞遍草叢，想發現秋季的最後一顆蘋果。

這些是最小的蘋果，比撞球還小，但十分容易咬碎，貪吃的牛甚至想整顆吞下，像我聽過的一個故事：一隻可憐的牛想把一個大蘋果存放在氣管後面的喉嚨位置，牠的主人在

徵詢別人意見前，已試過所有方法，最後他們用一塊厚板子抵住牛的臀部，用一個大錘子猛然一敲，蘋果砰一聲彈出來了。當我看著專心嚼蘋果的羊群時，這幅慘烈的畫面牢牢浮在我腦海裡。

一陣陣適時的風把零散的蘋果吹下，與最後一批秋葉一起落地，大多數綿羊知道該回穀倉的時候，安妮和幾隻忠實的追隨者，卻認為惡劣的天氣表示蘋果即將豐收。

雪花落下來了，安妮仍然吵著要進果園，我也任由牠去，但牠聞遍覆蓋霜雪的草地，經常一無所獲。有天我看到牠姿勢完美地站在最老的那棵蘋果樹下，凝視著它捲曲、多節的大樹枝。

我觀察牠像座雕像般站著看了約一小時後，決定去瞧瞧牠到底有什麼問題。原來，儘管微風讓最高的樹枝搖晃不已，卻還有一顆蘋果不肯掉落呢。

至今我都不是神射手，而且農場上有很多健康的土撥鼠都可證明，我射擊能力有多差勁，但是為了安妮，我估計自己應可射下蘋果。我用我忠實的二二口徑來福槍穩穩地瞄準，槍聲砰然飛越過安妮的腦袋上空。

蘋果在枝頭旋轉了幾下，似乎是飄落地面了，安妮一個箭步衝到蘋果上，果汁從牠嘴角兩邊流下來。要是綿羊會笑，牠一定是咧嘴笑到耳朵邊。

殺鴨拔毛

我們幫戈巴契夫拔毛那天，是個美好、充滿陽光的秋日。

戈巴契夫是隻鴨子。

我正要為院子裡的孵蛋籠加裝板條，預備過冬，朋友米雅打電話來，她顯然語無倫次，不知所措。米雅是位詩人兼牧羊人，大約六年前搬來鄉下。由於我在鄉下的時間是她的二倍，所以她以為我對農場的事比她內行，當她決定戈巴契夫該列入晚宴菜單時，她拜託我幫忙示範拔鴨毛這門細緻的手藝。

我曾經拔過水鳥的毛，而我的感想是寧可到本地超市去買一隻拔好毛的。但戈巴契夫——米雅的寶貝——是吃穀類長大、刻意為筵席而養的，因此我們聚在木棚子下，將所需的工具——一支斧子、幾把磨利的刀——組起來，還有大小不同的桶子，當然，外加一個吹風機。

米雅的先生哲學家湯姆，從穀倉裡捉到戈巴契夫，牠是隻大型的疣鼻棲鴨，啄上有紅色大肉垂，白頭上佈滿紅斑點，而因此得名。

我希望湯姆和米雅已經從哲學、詩意和道德的觀點，討論過謀殺戈巴契夫的事，儘管我志願當劊子手，而免除了他倆的罪過。湯姆顯然已長考過此事的駭人之處，他決定他要為戈巴契夫的死負責，就如牠活著時他照料牠一樣。

當鴨子從悲泣中解脫後，拔毛工作便開始了。

米雅拿來一大桶溫水，原理是水可以讓羽毛鬆開，不過把鴨子浸濕又是另一件差事。事實上若你先把鴨頭泡進水裡，鴨子就不會透水，因此我們把尾巴先放進去，拍打鴨子週身，直到水浸透了羽毛層，又加了幾瓢洗衣粉化解天然的鴨油。

然後我們把濕鴨子擺到桌上，六隻手齊上，開始拔毛。羽毛飛著，開頭的五分鐘相當成功，半小時後，沒有人再急急忙忙了，一隻五公斤半的鴨子收集出一大堆羽毛，羽毛下面，是鴨絨——細小的絨毛，在拔下的剎那以驚人的能力直接飛向你的鼻孔。

我曾試圖從六隻鵝身上收集羽絨。多年前，我看《哈羅斯密雜誌》（譯註：Harrowsmith，一本介紹鄉村生活的雜誌），想自己做一床鵝毛被，但最後連做一個扎扎作響的椅墊都不夠。拔毛讓人對羽毛枕頭肅然起敬。

我們以小鉗子拔針狀的鴨毛，湯姆認為他最好去看書，背頌一本《純推理的批評》。

我清洗了鴨子的內部，而米雅對各種內臟驚奇不已——亮亮珊瑚色的肺臟、滑溜溜的肝臟、以及硬硬的鴨胗。我解釋給她聽這些是什麼東西，她像領受聖旨般檢視每一個器官。簡直像在上鴨子構造一百零一講。雖然我對取出內臟的態度相當一本正經，但當米雅輕手輕腳地觸摸從鴨身中央取出來的杏仁色、核桃大小的球體時，我實在忍不住大笑了。

「這東西太特別了，幾乎會變換色彩呢，這麼精細，不曉得到底是什麼？」她讚賞地說，一面把那東西輕輕托在手掌上。

結果這是戈巴契夫的睪丸，米雅趕緊把它們放下。我倆繼續吹乾鴨子，並拔除剩餘的鴨絨，湯姆將鴨子掛到貯藏根莖類蔬菜的地窖的橫樑上，一切都很順利。有一年我用融化的蠟去覆蓋鴨絨，按理說，蠟會變硬，然後就可俐落地連羽絨一起剝下來。但不知怎的，最終弄出一根鴨子蠟燭。

最後的手續是灼燒鴨子，因為羽毛下還有一層零星的毛必須燒掉，只消輕彈一根淡菸，即可讓鴨子清潔溜溜啦。

一共花了兩個鐘頭，才把戈巴契夫處理好，可以進烤盤了。我深信牠會是一道好菜。我離去時，詩人的表情掠過米雅的面龐，她開始為戈巴契夫的晚宴做一首感謝詩。

南瓜山

這一年必然是南瓜大豐收，因為在本地的合作社買瓦斯就送南瓜，路邊的架子上擺滿各種形狀和大小的南瓜，而當然啦，還有我鄰居喬依的堆肥，現在是一個真正的南瓜山了。

你很難想像糞堆會有什麼美感，但去年秋天，喬依和女兒們為教會的晚餐做了好些南瓜派，做完就把瓜瓤和瓜子丟在穀倉外面老爸的前端載物斗（譯註：圓形的鐵斗，可裝到牽引機前方，挖掘、收集或傾倒東西）內，這便是南瓜山的由來。

到了春天，堆肥開始長出芽來，數以百計的南瓜種子在兩層樓高的溫暖堆肥裡復甦，隨即瓜藤就如瀑布從斜坡上垂下來，大葉子叢林式的藤子好像是一夜之間長出來的，真神奇極了。

無論如何，喬依說服老公讓堆肥留到夏天，大家都等著瞧。結果整個夏天南瓜花朵盛放，大如喇叭的黃花與深綠的葉片顯得花團錦簇。

而收成全在秋天來臨，一個真正的南瓜山把庭院裝飾得十分優美，大的、小的、怪的、矮胖的，那景象會讓人想站得遠一點，笑著欣賞。

不知為什麼，一想到南瓜總有點滑稽，或許是因為想到種了個比自己頭還大的蔬菜，而形狀卻和頭差不多吧。

還有，一座南瓜山能讓人有很多事可忙，喬依和女兒們摘下一大堆瓜，舉辦了一個做南瓜派的聚會，大家把南瓜堆到小徑（譯註：laneway，指從馬路到農舍門口這段私家小路，由於農場地大，小徑通常也相當長）盡頭，加上庫存玉米，和穿著老爸背帶褲的稻草人，做成裝飾造景。即使如此，還是有好多無家可歸的南瓜散落在鄰近地區。

我並不怎麼愛吃南瓜派，但我的羊喜歡這些大瓜的果肉，所以我裝了一車載回家。有一個月之久，我每隔幾天就要拖四、五個南瓜到牧場，把它們散在草上，然後去拿斧頭。

珠雞覺得這太好玩，其中五隻棲息在圍欄上，觀賞我走來走去把南瓜敲成碎塊。每當一個瓜裂開時，牠們就開心地呱呱大叫，窮凶惡極地跑去捅瓜肉，狼吞虎嚥吃下滑溜溜的瓜子。

綿羊則覺得南瓜太棒了，牠們跑遍果園，啃嚙吸食甜美的橘色瓜肉，補充維他命對牠們有益，而牠們覺得變換菜單也蠻不錯的。

而我的馬，看來並不欣賞南瓜，牠們認為我給綿羊的款待，簡直是愚蠢的玩笑。牠們唯一喜歡的橘色東西是胡蘿

蔔。

到了十月下旬，我的南瓜已缺貨，喬依那令人歡心的南瓜山高度也降低了，再次回到平淡無奇的老堆肥，等待施肥的日子。此時，我將兩個老大、相貌乖戾的南瓜，雕刻成面露微笑、方形牙齒、有一對不對稱眼睛和三角鼻的奇妙南瓜燈。它們坐在前門廊的煤渣塊上，等著在萬聖節夜晚燃亮。

我將是唯一的欣賞者。在鄉下，孩子們是不玩「不給糖，就搗蛋」的，因為農莊零零落落，相距太遠（譯註：西方國家萬聖節晚上，小孩會打扮得奇形怪狀，挨家挨戶敲門要糖，若不給就惡作劇）。我頂多會看到四至六歲的小鬼，在隊伍開向鎮上之前短暫駐足吧。在鎮上，孩子們可連續敲門，一小時內就把糖果袋裝滿了。

當魔力發揮的時辰，我大概已經上床了。吹息南瓜燈裡的蠟燭時，我會許一個特別的願望，瞧，今年我把大把的種子埋在我的老堆肥頂上，希望珠雞找不到，因為我真的希望明年在自己的庭院裡，也有一座相貌乖戾的南瓜山。

雌雄同體

農人有點像賭徒，常常只記得贏，不記得輸。例如，我原以為雌雄同體羊的結局非羊肉莫屬，結果，竟以純種母羊雙倍的價錢賣出，真是一次光榮的交易，因為農家很少有偏財運的。

我是指秋天誕生的三包胎羊中的一隻，像個小麵團，看起來總是勇往直前，我記錄的性別是「女孩」，顯然我記得太快了，但事實上是沒看到睪丸嘛，誰會想到牠是其他性別呢。牠以驚人的速度長大，而牠血統良好，因此到了要決定哪隻該留下，哪隻該送去給屠夫在聖誕節賣好價錢時，我決定保留牠。

到春天剪羊毛的季節，這隻羊顯出了難看的雙性特徵。在一個冬天所長出的羊毛下，小羊似乎長出雄性器官來，雖然它很小。

「我有次看到這種羊參加秋季展售會，」剪毛人茱迪表示，她看過所有種類的綿羊，證實這種情形的確存在。「那隻小公羊參加了一歲母羊的比賽，每個人都認為『她』一定會在那個等級得冠軍。結果裁判用手摸到『她』的腹部下側時，著實嚇了一跳，我可不知道羊和裁判誰比較震驚。」

我做過一些觀察，發現綿羊雌雄同體的情形，和六月天下雪一樣，會規律地出現，反正有這種事存在就對了。雌雄同體的羊可能有兩套器官，但通常兩套都未發展成熟，不足以完成任何生殖功能，所以變成兩面不是「羊」。這性別不明、發育不全的羊像燙手山芋——當小羊訓練來玩嫌太老，當稀有動物養嘛，又嫌食量太大。

在我還沒拿定主意該如何對待這隻有性別困擾的羊之前，一位知名的綿羊培育者約好要來看我要出售的純種羊。我希望羊群能給他一個好印象，我把「荷米」（我給『它』起的名字）藏在後院畜欄裡的一堆稻草後面，我可不希望一隻突變異類打消了購買意願。

訪客一切滿意，我的秘密未被發現。那天將晚時，我正協助那位培育專家，把半打可愛的母羊以及一隻頂級小公羊裝進他的拖車裡。

「現在我的目標就是再找一隻雌雄同體的羊了。」他邊開支票邊說：「我那隻養到十四歲死了，應該可以再找一隻。」

如果在兩星期前，我是完全聽不懂他的話的，但如今我卻很有興趣。我靦腆地表示，我剛好有一隻，只是從來沒想到要賣掉。

「你不考慮一下嗎？」他問：「我會出好價錢哪。」

雙性羊似乎有這種本事——牠能偵測哪隻羊正在發情，想要交配。牠的雄性因子在交配季節顯然開始起作用了，男性荷爾蒙發動時，牠也會有反應

——就好像牠真的是隻名副其實的公羊一樣。牠穿上繁殖背心時，也會盡責地將所有正發情的母羊都蓋上印記，有了這一層預告功能，稱職的牧羊人便能將生理和心理都預備好的母羊，送到「真正的」公羊那裡去工作。

如果農場只靠一頭公羊，這個模式可能效益不明顯，然而經營大量的羊群時，能知道母羊的週期，而引導牠和與牠基因互補的種羊交配，則非常有利。在某種程度上，這和培育純種賽馬的做法是相同的——讓一隻雜種馬先挑逗篩選出母馬，幾乎要「成事」時牠會陷入狂熱，然後再由身價較高的純種馬來完成過程。這對挑逗者必然相當挫折，但這對像荷米這樣的羊就不會。雌雄同體的羊還有一項好處，當繁殖季節結束後，牠的女性又恢復了。用這種有輪迴特性的動物去工作，比用一隻意志堅決、具潛在危險性的公羊，要溫和、容易駕馭得多。

由於我對這樁買賣，無意表現出精明的樣子，所以我反而佔了上風，但那也是無心插柳。專家把荷米從頭到腳檢視過後，宣佈這正是他要找的羊。我的裹足不前，只是令他更急切地要擁有荷米。支票的金額再度提高，荷米易了主，開始享受漫長而悠閒的日子，『它』對性別偏好有完全的自由。新主人給『它』取名「B.C.」。

「我的羊都是跟著電影裡的人物起名的，」他解釋說：「只是我沒法決定該叫『它』邦妮還是克萊（譯註：電影「雌雄大盜」男女主角的名字，第一個字母即B和C）。」而我呢，後來再也沒有養出雌雄同體的羊。許多年過去了，我依然會仔細檢查哪些羊的家族「病歷」中產生過雙性羊。我想這是我的農夫性格在作祟吧——總在尋覓烏鴉變鳳凰的機會。

女獵人

非要到一年中這個時候，鄉村女子才會想到槍。

獵雁和鴨的季節已經在我們附近的林子裡展開了。你很容易知道狩獵季何時開始，因為那些平日悉心照顧生意的人，有時突然會一連失蹤好幾天。木材場總會短缺一些人手，鎮上工廠裡請病假的人也誇張地增加了，而「加拿大輪胎」（譯註：Canadian Tire，一家五金雜貨連鎖店）店裡的獵槍子彈總是缺貨。

我和這些鄉下朋友不同的是，我並非從小就接觸槍，住到農場來之前第一次親眼看到的槍，是警察佩帶的左輪槍，他曾到我就讀的公立學校演講安全問題。

我同意佛洛伊德的說法，用槍的男人是意圖延伸他們的生殖器，他們把獵人想成是尼安德達式的生物，且可能智力不太高（譯註：Neanderthal，尼安德達人是二萬五千至三萬年前生活在歐洲和西亞的早期人類，身體粗壯，一般錯誤印象是其智力不高，生活粗野，但實際上科學家已指出他們有相當程度的文化水準，腦容量甚至比現代人類還稍大）。

鄉村生活給我的啟示是：不住在鄉村的人不該盲目批評，也不該在還不了解既存價值觀以前，把其他價值觀強加其上。前人的訓誨可歸納出二項生活事實：擁有槍械是一樁嚴肅的事；身邊有槍卻不知如何操控，是絕對的愚蠢。

我討厭屋裡放著槍，但你無法用軟性手段勸走土撥鼠，牠們在牧場上掘地洞，害我的綿羊和馬跳躍時弄斷了腿。鄉下的男孩們會用二二點二五〇口徑的來福槍獵殺土撥鼠，其威力直追榴彈砲。他們還使用會在動物體內爆破的蕈狀頭子彈。正如他們說的，「炸毀的效果真不賴哪」。

我決心學習槍法，有許多因素：土撥鼠是其一，其他如大群野狗撕咬我的綿羊，留下亂七八糟的內臟，讓在我早餐前欣賞；一隻患狂犬病的臭鼬鼠咬了我的牛，致使牠死亡；沿著土撥鼠小丘旁的稻草區騎馬慢跑，我必須提心吊膽等等。

一人獨居時更讓我感覺毫無防禦能力。滿月的時候，我會聽見——別人曾警告我要防備點兒的——「鄰居們」對著月亮嗥叫，其中一隻喜歡夜間在馬路上散步，還在我的信箱裡遺留下搗碎的殘跡。一天半夜，有個我不認識的醉漢到門口要啤酒，另一個本地醉漢想在下午跳華爾滋。我感到空氣中有電影「Deliverance」的氣氛，讓我覺得自己無法自衛。不只是為了在這鄉下能有一把槍自衛，我的立意更是要宣示「這獨居的女子，不會讓任何人或動物橫行於她的產業上」。

我打電話向警察局詢問，答案是沒有槍械速成班，所以我去報名省立的狩獵班。這個五週、十五小時的課是在聯合教會的地下室進行的。我的同學有三十人，是一堆看似頗懂機械的大漢，以及幾位為了挽回婚姻來上課的獵人妻子。

我們什麼都學，從五種不同持槍方式，到丘陵地可獵捕之鳥的生態環境。有些時間用來觀察槍口，安全跨越想像的籬笆，還觀賞了一些名為「射，別射」、「遠距射鴨」的影片。

結業考試並不容易，六十個問題涵蓋很廣，下至彈藥筒的基本構造，上至狩獵的環境系統。在尚未接受實務測驗前，全班就有五分之一筆試不及格。

實務包括操作槍械，是在一位只知其名為「長官」的保護警官利眼注視下帶槍移動，他發問如槍林彈雨，並要求你做任何事，包括裝子彈、卸子彈，以測試你懂不懂所有荷槍的規矩。然後出人意表地，他可能會考你黑鴨子在任何一天的射擊限制數量（譯註：根據打獵的法規，在為期二十一天的狩獵季，各種動物之可獵數量各有不同）。如果你把槍管對著任何人搖晃，那你的下場就是退訓。

結業時，我取得了獵人執照，同時我也懂得使用槍械的

道德規範和知識，這讓我自覺安全多了。我通過考試的消息很快便傳開了，那些住城裡的女友給我起些外號來逗我——什麼「班寶」、「鴨寶」。超市外面的遊民也對我另眼相看，鎮上的報紙發行人拍拍我的背表示鼓勵。而我發現本地運動員協會的頂尖飛靶射擊手，竟是位在藥房工作的女士，她的專業能力受到相當的尊敬。現在男士們聽說又有一個女的在學射擊，他們只是皺起眉頭，嘀咕著「但願她留隻鹿給我」之類的話。

那年我首度打獵，對象是那些俯衝到本地玉米田、進行年度掠食行動的加拿大雁。

別誤會，我是喜歡雁的，牠們真是壯觀的大鳥，但我的表哥靠田裡的收成過活，他估計每年南遷路過他田地的雁，會吃掉他四分之一要換現金的作物，這表示他太太要在工廠上夜班，他自己也必須打工，才夠給孩子買像樣的冬季靴。因此我了解，射幾隻雁來殺雞儆猴，是求生存的策略。無疑的，鄰居們會同意我在附近的田裡射擊。

我開了三槍，但沒有任何東西從天而降，因此我密藏的野雁食譜也仍舊沒有實驗過。

今年我可能要再試試身手。槍已經擦得亮亮的，我也做一些射靶練習，所有安全課程都溫習過了。選一個清新的秋天早晨，我們這小團體要換上迷彩裝，戴著鮮明橘色帽子，遊蕩到玉米田邊緣。日出之際，我們會放低身子，坐在樹的殘幹上，有些人在田這邊，有的在另一邊。

我們要屏氣凝神，注視著老蘋果樹主枝上的霜雪，在太陽光透過雲層時溶化，在那極度的寧靜中，我們會聽見玉米莖因溶雪滴落而發出喀喀的聲響，雲雀與椋鳥及烏鴉展開清晨的叫戰，聽見雁在遠處吹喇叭般的鳴聲，待太陽升到頂點，雁群的首領會出巡偵查。

那時，我們將學雁叫，做出古怪的呱呱，那聲音會令人想起童年除夕夜鳴喇叭的聲音。聲音會穿越過一排柵欄似的牛蒡棕色花頭和紫薊，直到兩百隻加拿大雁的V形隊伍從頭上飛過，牠們是如此接近，我們會連羽毛拍打與雁鳴交錯的聲音，都聽得一清二楚。

我可能會瞄準並射擊，也可能不會。那天，在那時辰，可能單是我一身可笑的裝扮，便足以永久嚇退來襲的雁群了。屆時，僅僅在玉米田邊享受日出，也就足以當做我的戰利品了。

怪胎火雞

每次吃感恩節火雞祝謝時，我都為自己不必養這種討厭的鳥，而格外感謝。

幾年前我養過火雞，但有那麼一次經驗也就夠了。那年春天，我訂購了一些剛出生的小雞，由於孵蛋場也賣小火雞，我就訂了一打，小雞約有一百隻左右，任牠們在農場裡跑，所以我想添幾隻火雞應該沒什麼害處。

我的好友雞農亨利來訪時，我正把毛茸茸的小黃雞，和遲鈍禿頭的火雞寶寶裝進圍欄內，他大笑不已，稱我是皮格林姆（譯註：Pilgrim，一六二〇年發現麻塞諸塞殖民地的一位英國清教徒。此處一語雙關，指城裡人移民鄉村，都要經歷自己的發現之旅），並告訴我，他著實嘲笑過一個城裡搬來的傻瓜，說那年輕人想養火雞，不如直接買一隻奶油球牌（譯註：Butterball，著名的冷凍火雞廠牌，已填好餡，可以直接放進烤箱，也是雙關語，罵人肥胖）的現成火雞算了。

當下亨利就給我上了一課火雞的毛病和特性，並對這種他所謂「造物者手下最愚蠢的動物」，做了一番直言無諱的批評。

我立即隔離了火雞寶寶。火雞和雞不能混養，火雞會把一種叫黑頭粉刺的致命疾病傳染給雞，因此必須造一個新的火雞圍欄，花的錢足夠在店裡買六隻現成的即食火雞。

我從來不覺得雞是多聰明的動物，但至少牠們懂吃飯喝水這等事，可是那群火雞寶寶，我得把每一隻推到食槽前，有時還要為牠們補習如何喝水。

夏天裡，火雞在菜園隔壁的圍欄裡咯咯叫，牠們振動翅膀，但飛不起來，最佳表現不過是看我拿新鮮的胡蘿蔔頭或玉米軸時，發瘋似的連跳帶跑奔過來。一切都尚稱平順，直到一次傾盆大雨來臨。

雞很機伶地奔進籠裡坐得穩穩的，像是一群懂事的鳥。而火雞，就只會站在田中央，以喙仰天，大口吞下倒下來的雨水，其中兩隻在我把牠們趕到安全地帶之前，活活淹死了，還有一隻必須在口吐白沫前，給牠灌一匙伏特加酒。

我用毛巾擦乾其餘的生還者，開始懷疑我和火雞到底誰的腦子比較小。亨利曾告訴我，他看過兩百隻火雞在雨中淹死呢。太好了。

火雞真是邪惡的傢伙。雞只是偶爾鬥毆，雄雞的羽毛會亂飛，但大體來說，雞還算相當愛好和平；可是火雞，會把自己的同胞啄到死，甚至想吃掉對方。

「同類相食只是其中一個階段。」亨利提出忠告。

你可能會認為，火雞既然能將卵生同類咬成碎片，牠們

一定都是硬漢。其實，只要打幾個響雷，牠們立刻變成懦夫，牠們會縮到角落，爭相站到別的火雞背上，然後一動也不動，後來我不得不插手，把牠們扳開來，以免牠們擠到彼此窒息而死。想想，一個女人安然度過夾著閃電的暴風雨，還一面對驚嚇萬分的小火雞們發出咯咯的安慰聲，簡直把自己都弄糊塗了。

若你和火雞一起生活夠久時，你終必會問一些最基本的問題，例如「這種動物為什麼會存在？」

想想火雞的基本結構實在夠荒唐的。我們在感恩節時大快朵頤的白毛雄火雞，是早先瘦巴巴、黑肉野火雞的基因改良產物。由於不是每個消費者都愛雞腿，飼養者便培育出胸肉豐厚的火雞，結果，所有食用火雞都有了改造的痕跡。優秀的育種用雄火雞胸肉太多，以致難以完成天職，可憐的母火雞腿部不夠強健，難以承受雄火雞的重量，所以育種用的母火雞一定要採人工授精。

我是從朋友蘇珊那兒知道這些事的，因為她曾度過一個毫無詩意的夏天，在一家大型家禽農場協助火雞人工受精。至於職業的選擇，最後蘇珊當了幫馬裝蹄鐵的鐵匠，因為她的手臂夠強壯。

整理那些拔過毛、去頭去四肢、真空包裝的火雞屍體，應算是我和我的火雞共有的甜密時光了。只有這一回，牠們沒有粗魯地嗅我，也沒有對我還以兇巴巴的叫聲。

從那時起到今天，我就堅持只養雞。如果需要火雞，我用最簡單的方法——去超市朝聖，從冷凍櫃裡挑一隻就好啦。

整人遊戲

想在鄉下籌募資金，你需要當地銀行業者的合作，倒不是因為銀行是社區的中流砥柱或大慈善家，反而是因為一般人十分討厭銀行。

當農作物價格低落時，慈善團體、休閒活動社團、醫院董事會和青少年委員會全都慘了，農人勒緊的腰帶會讓整個社區都受到影響。通常銀行是帶頭反應的，他們會調降信用額度，堅持附加安全條款，或乾脆取消抵押品的贖回權利。

因此當秋季市集以「泡水」遊戲為號召時，可以想見遊戲中最具吸引力的明星，會是一位銀行的行員。其中的機關是一張會鬆掉的椅子，或是一大桶水，上面加裝一塊連於桶子的木板，你花一塊錢買一個球，設法擊中裝置，讓椅子鬆掉，「標的」便落水了。大批觀眾擠成一團，等著看好戲，想花一塊錢玩遊戲的隊伍大排長龍，只為獲得享受快感的機會。若是有銀行行員要當「標的」，開玩笑的人一定會倒幾袋冰塊到水桶裡，遊戲就會更刺激了。

在利率高漲的期間，會有一整隊棒球隊員排隊等著把銀行行員投入水裡，如果有高竿的投手排在隊伍前面，那行員就會紮紮實實洗上兩小時的澡。青少年可能想「泡」的對象是牛奶公主，但任何年齡達到貸款申請資格的人，都是把目標放在銀行行員身上。

我猜事情並非一直如此。幾十年前有一段時間，鄉村的銀行經理相當受人尊敬，銀行能獲得農人的信任，原本藏在床墊下的錢都存到銀行去了。在那個年代，一名行員可能一輩子為同一位客戶服務，然而現在，銀行業者和客戶太熟，會被認為是不好的事。被視為幕後壞蛋的「總行」，每隔幾季就要讓分行經理走馬換將，因此分行的人往往行事不顧前後，這讓泡水遊戲永遠都有新鮮的捉弄對象。

社區民眾一直為籌款想點子，幾年前，賽鴨的構想持續了一陣子。做法是賣黃色的塑膠鴨，把鴨子放到流經許多城鎮的河上。然後又有人認為泰迪熊野餐（譯註：泰迪熊幾乎家家都有，於是社區野餐時舉辦比賽，比誰的熊最大、誰的熊最老、衣服最漂亮等等，參賽的人需繳一點費用，這些錢就成為募款收入）有效果，於是到處都一窩蜂舉辦。這些點子一直用到無效，然後其它矯揉做作的遊戲出籠。以上活動雖能募得一些捐款，但如果沒有報復到銀行業者的話，那就不夠刺激。

賓果類的遊戲也是募款的常用方式。其中最有創意的一種賓果是「母牛賓果」。會用到一隻小母牛、一個受控制的

區域，劃分成數個方塊，標上數字來出售。小母牛餵飽了，也喝了足夠的水，在畫了格子的地面上隨意走動。玩的時候牽涉到誰選到牛最先駐足的格子。有時裁判要等上好幾個鐘頭才能大喊「賓果」。通常銀行行員很少會贏，但一旦是銀行行員成為贏家，那本地報紙就會將他的照片放在他下的「注」旁邊，然後會有一篇文章很慷慨地稱讚他夠敏銳，能瞄得準小母牛。

有一項競賽，銀行行員總是會贏的，就是「和豬親吻」。事實上，如果鎮上不只一家金融機構時，你可以看出經理們所贏得的名次，剛好和他們取消抵押品贖取權的速度排名相同。只要花一塊錢，一般人就可提名並票選他們最希望看到和豬接吻的某位本地人士。通常稅務員、警長、校長、牙醫都是熱門的投票對象。可是贏家只能有一位，於是那些吃過銀行苦頭的人，通常都投注最多。

養豬的人表示：「玀玀（譯註：那隻豬的名字）的優點是他不介意接吻的對象。」他提供一隻公豬當獎品，和得票最高的人接吻。人人皆知，銀行經理一看來者是玀玀，都會要求更換別的獎品。

但願，這個世界永遠都不要全部讓自動櫃員機來服務。

寵物刺蝟

我打電話給鄰居瑞克，問他我們敏多鎮偉大的刺蝟培養實驗進行得如何了。每年秋天，瑞克似乎都要試養一些新動物，做為策略性投資。有一年他養的是銅色背毛的火雞，還有一年是尾巴特長的非洲貓。

你可以注意到，養奇珍異獸在鄉間已蔚為風氣，一個住在高速公路幹道、離我很近的農人，就常和他毛鬆鬆的長脖子駱馬中斷了車流。每年夏天，迷你馬都在資深公民野餐會上大出風頭。當真正的農人都忙著培育巨型母牛時，那些玩家最終會把精力轉向飼養戴克斯特牛，是一種稀有的愛爾蘭品種，身高才及腰部。

在那些高高的圍籬裡面，一度曾經養著乳牛，而現在養的是肉牛、野牛和鹿。近來，你什麼都看得到，從大腹便便的小乳豬，到成熟的野豬，放養在田野和穀倉的庭院裡。養鳥的人則深信鴕鳥將成為未來感恩節的晚餐，此事甚為意外，我不知道你會用什麼餡填火雞，但我認識的一位女士，花了九千元只為試一試自己孵育火雞。當然，想到自己所養過的珍獸，無疑的，我應是最後一個承認「並非每種動物都有人愛」的人，世界上沒有那樣的市場。

因此當瑞克宣佈他要養刺蝟，我試著禮貌性地點頭。

「將來要把牠們賣給寵物店。」他表示。

似乎是合理的。畢竟，如果人們願意把白鼬拴著繩子帶去散步，那刺蝟的前景也可能大有可為。

可是刺蝟有些事讓我不解。

因此我回家後查了百科全書。當然嘛，牠們和我想的完全一樣，有滑稽的外表，是嚙齒類的小老頭。牠們全身覆蓋著針，當這鼻口尖尖的野獸若受到威脅，牠的針就會擠出穢物，並把自己捲得像個針墊似的，倒剛好可把牠裝進便當提袋裡。

我只親眼看過刺蝟一次，是二十多年前在丹麥。刺蝟是夜行動物，白天躲起來，還恰巧就躲在灌木樹籬下面呢。

遇到瑞克時，我問他刺蝟養得如何了。

「很好，好極了。我把牠們養在客廳的玻璃缸裡。」

「但他們不是整天睡覺嗎？」我小心翼翼地問。

瑞克是很注重隱私的人，而在鄉間，我們不會直接窺探那麼多的隱私。

「是啊，但牠們大約半夜醒來，觀察牠們真是有趣呢。」瑞克說。「所以牠們對做輪班工作的人是很好的寵物。」

又好像很有道理。

瑞克自己就是上夜班，所以他總是在多數人正開始做好夢時清醒，在那種令人昏頭的時刻，顯然刺蝟正快活地在玻璃缸裡活動，挖蚯蚓，彼此推著玩耍，情同手足。

到十一月，我猜刺蝟夫人可能會需要一個鋪墊，而我，希望對九〇年代的流行寵物一窺究竟。

不行。

因為瑞克飼養刺蝟已有利潤啦。他已經把這長了四隻腳的海膽運送到亞伯達省（譯註：Alberta，加拿大落磯山脈以東的內陸省份）。那邊的刺蝟愛好者，顯然相當歡迎這在夜裡橫衝直撞的寵物呢。

追牛記

沒什麼比鬆了綁的母牛，更能把成年人折磨成小孩。

有天我沿著一個小鎮市郊的碎石路開車，就看到這樣一幕活劇。五個男人在農家前面的草地上追著一頭乳牛，想把牠趕回穀倉的庭院裡。

我停了下來，因為我知道沒拴住的牛，等於一座不確定的機關砲，牠可能隨時都會衝到馬路這一邊。果然很快地，老波西愉快地踢著腿，拋起石頭，就像競技會上的公牛一樣（譯註：牛仔競技會上，公牛弓著背猛然跳躍，想甩掉騎牠的人）。

那群男人知道自己在做什麼。他們呈扇形散開，慢慢移動，想包圍牛而不驚嚇牠。可是牛嚐到自由的滋味後，頭腦似乎有點開竅了。過去，牠只知道早上進擠奶房，晚上和其他溫馴的乳牛在一起，現在，到了外邊的世界，牠可瘋了。

無論如何，安靜的圍堵行動奏效了。可是一等牠看見後院曬衣繩上飄揚的衣物，牠便穿過一堆牛仔褲，從曬衣繩之間進進出出，使勁兒繞著房子奔跑，最後停在前門廊旁邊，身上裹著一塊法蘭絨床單。

這時，一個氣呼呼的女人出現在門廊上，揮舞著掃帚，結實地大吼了一聲，牛嚇得緩緩走向穀倉庭院去了，床單則掉在秋天的落葉堆裡。五個男人邊跑邊叫，揮著手，衝過去關上牛身後的柵門。然後他們靠著圍籬看獵物，無疑地，他們在談牛的身世。

這讓我想起我不再養牛的原因之一。

幾年前，我向雞農亨利買了赫福種的牛海瑟以及利莫桑種的琳蒂。然後有了小牛赫曼和希斯克利夫——二隻模樣滑稽的小傢伙，由於父親是蘇格蘭高地牛，因此牠們有長毛和瘤狀的牛角。

亨利把載著牛的卡車開進牧場，我則預備為我第一批牛的到臨拍張相片。我拍了車門打開、大牛、小牛走出來的鏡頭。其它照片顯示的是牠們的背影，牠們跑到田野的高處，跳過圍籬，闖進鄰居的地界去了。

接下來三天都不見牠們的蹤影。

於是找牛行動全面展開。所有鄰居都在留意這個由四隻牛組成的小旅行團。小貨車載著搜索隊開遍碎石小徑，也報了警。本地鄉村音樂電台與西部音樂電台，都向聽眾報導有關「四隻流浪、粗暴的牛正在敏多鎮上」的消息。我把馬牽了出來。

騎在馬上能看到的範圍比較大，我從清晨騎到傍晚，我們跳過柵欄，涉過溪流，打擾了許多正在日光浴的土撥鼠。

經過兩天的追蹤，發現籬笆上有牛毛，因此我猜牛群可能還在附近，我因騎馬而感覺的疲累，算是有了一點小小的慰藉。

許多人打電話來，有的甚至遠至四十八公里以外，報告他們看到的狀況。最後，一對多倫多來的年輕夫妻打來說，我的牛一家子在他們靠近高速公路的休閒農莊後院平靜地吃草，他們對於這畫面已愉快地欣賞了好幾天。

藉著亨利和馬的幫忙，我們將這些逃脫的傢伙趕上卡車，載回家了。把他們趕進一片圍籬已補強過的牧場內，圍籬尖端還加上一道通電鐵絲。

海瑟是我見過最具鬥性的母牛，牠立即就衝向圍籬，不過鼻子才碰到通電的鐵絲，牠就被電得手舞足蹈跳回牧場了。每隻牛都去聞了聞那奇怪的線，都跳了牛探戈，全部認清了新家的勢力範圍，這才安於吃草、牛鳴和所有正常牛該做的事。

從此以後我再也不信任牛。我可以感覺每次我開柵門，牛就覬覦著。牠們鬼鬼祟祟的表情，說出牠們在等待時機，尋找我疏忽的縫隙，好衝向自由，把我捉弄一番。

那次大規模的搜牛行動，為鄰居們提供了好幾個月茶餘飯後的閒話材料。我只要上拍賣會，必定被人取笑，或問我牛現在住在哪裡。唯一可堪安慰的是，我發現養牛的人，至少都有過一次追逐這些長了腳的漢堡的經驗。

因此當我駛離荷斯登與世無爭的景象時，或多或少對那五個男人生出同情之感。我知道一旦他們回廚房喝咖啡時，一定會講牛逃跑的事，而且很可能，他們會想起某位「養羊的女士」，曾在敏多鎮掀起為期三天的追牛熱潮。

幽浮的權利

最近鄉間最廉價的娛樂，似乎是參加那些以土地分割、或農地變更為住宅用地為熱門話題的公共集會。這些集會通常在市鎮辦公室舉辦，被選出的民眾代表每個月聚會一次，討論一些緊急問題，像下水道應通往哪裡，該不該再度僱用曾被判非法殺狗的捕狗人等等。任何人都可以參加例會，但真正有趣的，是專家和反開發人士必然針鋒相對的那種集會。

然後，當然啦，如果這些開發計劃都實現的話，那幽浮會怎樣呢？

幾乎每個月，我信箱裡都有通知單，說附近有人要申請將其農場的土地分割一、兩塊。這種申請就會引起各種環保上的疑慮，包括土地使用計劃、污水處理費、耕作的權利、以及農人有無賣一小塊地來賺錢的權利。

所有事都考慮到了，而我的鄰居艾伍德更關切的是，這些新發展對於依賴他私人湖泊做補給的幽浮，會產生什麼效果。

艾伍德是那種積極派的老居民，他會坐在木椅上搓著手臂，說他知道樹有多大歲數。如果一個男人宣稱他可以用摸的就知道樹齡，那你最好點頭同意就好，而那也是對幽浮的水源問題的最佳反應。

幾年前，一群鄰居聚在一起，組了一個名字笨拙的協會，叫「關心梭魚湖區環境的居民」。我們專管一些本地事務，像農地和濕地保存，或監視任何可能污染水質或生活方式的事。

討論過是否要在本省重要溼地上增加十八個單位的開發計劃之後，我們增加了對幽浮的關切。那裡剛好是就在艾伍德的私人湖旁邊。

印地安人一直稱那六百公畝的湖為「精靈湖」，後來拓荒先鋒們又改稱為「鬼湖」，因那地方總瀰漫著神秘的氣氛。湖離馬路還有相當的距離，你或許會開車到艾伍德那棟手工蓋造的粗石屋前，卻可能從來不知道幾百公尺外就有片原始風景區。

我大約五歲時初次造訪那湖。我是和朋友及父母親去遠足，他們是艾伍德的朋友，我們從斯卡市去，當時對我而言，好像開了好幾個小時才到達那片「荒野」。

一條小徑通過灌木，其中隱藏著雉和松雞。湖邊有一座鄉村式的小茅屋，我還記得自己從窗戶伸出釣魚竿，等線一收進來，艾伍德立即把我們釣到的魚拿去下鍋烹煮。

幾乎一個世代之前，我搬到附近這片林地來時，竟發現艾伍德是我的鄰居，所有那些美好的回憶又都鮮活起來了。

艾伍德的湖沒有改變，只是樹長大了，附近的「文明」

設施要徵收費用，在幾千公畝外的一個湖區，有個很大的拖車公園，四百個活動屋一間連一間，使大自然看起來就是不對勁，我看沒有哪隻有自尊心的雉雞，會願意在烤肉堆上築巢，那些帶來腐敗的水缸，讓空氣飄著不自然的腐敗味。

艾伍德一直不讓他的湖受污染。他為住在船屋塢下的鯰魚起了小名，他說他叫的時候牠們會游過來。有一年，他宣佈湖裡有五隻牛蛙失蹤。似乎每年春天他也數了牛蛙的數目。

撇開這些古怪的事不談，這是我們頭一回聽說艾伍德准許幽浮從他的池塘補給水。

「我敢說，如果他們建房子的話，外星人就不會回來了。」討論過在水鳥築巢區進行開發後，艾伍德做了上述宣佈。「他們不喜歡一大堆人圍觀他們的太空船。」他說，一面向後坐到一張有一百〇二年歷史的楓木椅上。

根據艾伍德說的，外星人和他們的兄弟們，四十年來，都會把飛盤式的飛行器降落到他的地界上，他們從湖中吸取水，然後去旅行，這讓我想到，說不定就是他們失手吸走了那五隻牛蛙。

「如果他們無法在隱密的狀況下取得水，我想他們會死掉。」艾伍德警告，「若是湖區有開發計劃，他們就不會再來了。夏天開拖車來露營的人在附近時，他們甚至根本不會接近。」

我們都詢問艾伍德說話的邏輯，但他不肯讓步。

如果艾伍得是對的，這可能是繼多倫多圓頂體育館（譯註：世界聞名的大型體育館之一，有伸縮式頂篷，容五至六萬觀眾，）之後，一椿和發現失落的亞特蘭提斯城（譯註：柏拉圖虛構的海島，後來沉入海中。他曾藉亞特蘭提斯將有關人類社會的學說加以闡述發揮）同樣重要的事件啦。這勢必會在公共集會上造成相當大的騷動。

要是送去公聽會就更有趣了。想想如何對法官解釋？——別管污水處理費，開發計劃也停擺吧，因為那些事會打擾外星人在敏多鎮的水源補給站！

反正，我是被說服了。

收集狂

在鄉間，有收集狂（譯註：pack-ratism，特別指那種只收不丟的行為）的人頗多。我一個鄰居收集老式的門，另一個保存了一拖車報廢的窗子，各種尺寸齊全。我若需要一個鐵砧，有個退休的愛爾蘭人住在隔著兩個小鎮的地方，他保存了一整個貯藏間都是這東西。至於做什麼用，只有他自己才知道。

我走訪過的每個農家，都有特定的區域來存放「收集品」。在小木屋或乾草堆的一角，或就堆在穀倉後頭，總有一堆某件工程用剩下的木材，各種粗細不同的零頭鐵絲和擋雪牆板、窗子、怪尺寸的門，以及幾籃拍賣會撿來以備不時之需的螺帽和螺栓。

我搬進農場時也承接了一堆東西，起初看起來真是亂七八糟，可是當我需要一個急用的隔板來分隔畜欄時，總能找到幾片木頭可以鋸成我要的形狀。舊窗子的玻璃片，可以做成很好的春季蔬菜防寒罩；而幾片舊穀倉的牆板可以做擱板、掛馬鞍的架子，或給雞棲息用的支架。

農場生活激發我，發揮出一些自己都意想不到的潛力。有一年，我為雞籠鋪設了新地板，到現在我還是驚訝自己怎麼會處理接榫。而當我學會用鑽頭後，我可以把螺絲釘釘進任何地方。這算不上藝術，但其中確實有不少形式與功能的問題。

我的鄰居艾利克說他曾祖父建了一座完全是木頭搭的馬廄，唯一不是木頭的東西是門鉸鏈，是皮製的。而艾利克的祖父則發誓，他造一棟原木屋，只需一把斧頭。斧頭的柄可用來丈量，而斧頭的寬度可量原木尾端楔形榫頭的深度。因為在過去，

他們並沒有一堆「廢物」可依賴呢。

至於我自己的成績，大家都知道我用廢木料做過一些外觀實在很可笑的東西。我第一次蓋的A字型雞舍根本不對稱，但可以用。

當你為了省錢而必須擠出靈感時，很多東西都可以被再利用。放抽水機的屋子受風面，釘著一片舊浴帘，已擋風擋雨十年之久。總有一天將要換成較為合適的絕緣材料和室內牆板，但那應是五年後的事吧。現在，每每看到浴帘堅固地盡其責任，便讓我有股驕傲感。

鎮上的垃圾場已被證實是挖寶處。我就用過被丟棄的單人床架，做成理想而輕巧的小羊圍欄。水桶、大木桶、剩餘的鐵壁板，以及欄杆的捲形尖端，曾經都是別人的垃圾，可是對我經營的生意卻派上用場。

有一次我要找一些較好的木料來做廚房的碗櫃，我把風聲放給鄰居，然後，就有人要提供東西了。我應邀來到一個空空的堆乾草的閣樓，裡面堆著漂亮的橡木和櫻桃木，你可以想見我多驚訝，竟是一堆廢棄的棺材蓋——那是唯一的問題。

魏莫表示：「這些木料浪費了未免太可惜。」很實際的一個人。然而，我無法接受用棺材蓋做碗櫃的主意。

我的朋友柯萊接收了一個真正的廢料場，他父親去世時，留給他一個農場，裡面有幾百輛古董車，散落得到處都是，每次他以為自己已經找到了所有的報廢車，結果又會從山頂看到某處有長著輪子的廢鐵。從最早期開始大量生產的車型，到古老的牛奶車，應有盡有。一些三〇年代的車體，還留著盜匪射擊的原始彈孔。起初覺得是頭痛的搬運和處置問題，後來竟變成一次大規模的古董車和零件拍賣會，吸引了來自北美各地的買主。

而我農場上能找到最好的東西，是一具古老的犁，藏在野葡萄藤下面，還有一堆舊車牌在威士忌酒瓶碎片中，最後其命運是埋進樹林裡的一小塊濕地裡。

顯然，祖先們並不是最具生態觀念的公民。在古老的苔蘚堆下，我挖到過銹罐頭、綠色玻璃罐，前人竟好意思埋在柏樹叢中的一塊空地裡。當然啦，其中有的碎片現在都算是「古董」了，我可以將蝕刻玻璃藥瓶、老式的牛奶瓶、形狀古怪的汽水瓶，鑲在一扇窗子前，陽光透過有色玻璃和手工做的形狀，漂亮地改變了它們原先的垃圾身分。

每年秋天，我都想把堆積的廢物運去垃圾場，但我知道，當春天來時我會需要一塊木材當支架，或一條合板去遮蓋階梯的破損處，那時我就要想念那些廢物了。不過到目前為止，我還是避免用棺材蓋。但未來總有無數的明年，誰又知道會需要些什麼東西呢。

意外的周末

在農場上過一個涼涼的、鄉村風味的週末，爐火愜意地霹啪響著，燉菜在鍋裡咕嘟冒著泡泡，而剛出爐的麵包香味洋溢在空氣中——還有什麼比這更讓人心滿意足呢？

聽起來真好。我當然希望有人為我準備這樣一個情境。

可是當你實際生活在農場上時，週末就是不可能完全像你在雜誌上看到的樣子——「格子布沙發填得過度膨鬆，窗台上花盆箱裡種著藥草，長時間安安靜靜地浸淫在一本書裡」。週末，不一定能把時間空出來，完成與世無爭的織錦繡，或用手工給野鳥做一些別具風格的供食器。沒什麼事能說得準的。

帶著狗漫步穿過樹林，很可能會陷入及膝的泥沼或牛蒡叢，因為你差點就要打擾到一小群靜靜涉過小溪的鹿。

想要去參加滿是古老陶罐、手織蕾絲、古怪舊地氈撢子的拍賣會!–那些東西頗能裝點屋子。你正要出發，電話響了，一個鄰居出了緊急狀況，需要人手幫忙他穩住一匹生產不順的馬。

這些都是可能發生的事。但當你試圖警告城裡朋友，「在農場度週末」意味著任何會在農場發生的事，都會繼續發生——那麼，他們會認為你在開玩笑。有趣的是，一旦一個城裡人滿心嚮往鄉村生活時，他們會把一切都想成很有趣。

例如，赫夫逃走的那一天還歷歷在目。

當時赫夫才幾天大，是我在一個拍賣會上買來的——我曾盡力不要犯這個錯誤，但，牠就在那兒——一隻赫福種的小牛藏在角落，距離那隻大一點的黑白荷斯登牛遠遠的。

牠是那麼可愛，無疑是頭很純正的小牛，或許是雙胞胎中較弱的一隻。牠畏縮在角落，好像要躲避拍賣官的槌子，當我看著牠的眼睛時，牠是那麼絕望、那麼需要媽媽的樣子。

我開車帶著這隻倒楣的小牛，在回家途中，母性本能讓我停車，下去買了一袋小牛代奶粉，因為赫夫在車子後面叫得好像快要腦漿迸裂了。

我們和客人大約同時到家。牠從車上下來時像個乖乖的小孤兒，我們帶牠去穀倉，給牠餵了第一瓶奶。

城裡朋友愛死這種事了。又紅又白的小牛是如此柔軟、

信任人，牠用鼻子嗅著、推著那裝著溫熱牛奶補給品的大奶瓶。牠在稻草上躺下，打了一個好大的嗝。

「太棒了，」城裡人說：「我們已經做了些農事啦，現在去哪裡午餐呢？」

我吃飽後，正預備在林子裡散散步，其中一個朋友決定看一下小牛的狀況。他犯了個大錯，他讓門開著。眨眼之間，一度是眼神哀傷、沒有媽媽的小牛，搖身一變成為活蹦亂跳、亂叫、亂牴的小傢伙。赫夫想玩，牠跑出去了，害五個穿著包爾鞋（譯註：Eddie Bauer，一種名牌鞋。城裡人下鄉，常會先買雙名牌休閒鞋，實際上往往糟蹋了昂貴的鞋子）的男人，和穿著威靈頓橡膠靴的我，開始追逐戰。

你無法追牛，不管牠多小。牛是不跟人配合的。最好所有人都停下來，讓可憐困惑的小牛安靜站著，想通牠的下一餐奶會從哪裡送來。但我只能這樣說服城裡朋友。因先前赫福在他們前面疾馳，弓背猛跳，令這些男人像電腦遊戲裡誤入歧途的卡通小人，跑過兩千多公畝的田地，已完全筋疲力竭了。

最後，我答應烤葡萄乾乳酪做的英式圓餅，並用窗台上種的藥草泡茶給他們，他們才不再追牛。

喝完茶，赫夫在前院草地上出現了。兩個滿腔愛心的城裡人，存著「給小牛來個抱抱」的意念，預備繼續關心小牛。可是牛——無論牠年紀多小——都需要隱私，就如搭地鐵時，人會想把所佔據的空間想成是屬於自己的一樣。

赫夫無法忍受被人從脖子抱住，牠橫衝直撞地逃跑了，於是，五雙蹬著高貴休閒鞋的腳和一雙農人的橡膠靴再度出征追小牛。

這次我們偷偷接近小傢伙。牠正叫著想喝奶，一副被遺棄的樣子。我們呈扇狀包圍牠，做出突擊隊形，盡可能慢慢移動，每個人還模仿牠哀怨、無事忙的叫聲。

科技時代生活的反諷之一是，每次手上該有錄影機的時候，自己偏偏也是鏡頭裡的一部份。

就在我們圍住小牛、預備將牠趕回穀倉的安全和溫暖裡時，我看見一位滿懷使命感的基金經理躲在門柱後，做出女高音式的牛叫聲，他的同伴——一位埃及古物學專家，正在紫丁香花叢後以女低音平衡了此一情景。他們由太太、女友和孩子們掩護著，全部熱烈地學著牛叫，想減輕赫夫的孤單。

小牛進入穀倉的剎那，濃濕的雪花和冰冷的雨水落下來了。我把熱奶瓶拿進來時，發現城市牛仔們全都在用我的高級大浴巾揉擦著小牛，因為有人認為小牛有點濕。

等赫夫吸乾了奶瓶，大夥兒便湧向我正預備點燃的舒適爐火前，一鍋冒著泡的燉菜——已在微波爐裡解凍過——換到一個比較搭調的老式陶鍋裡了，而一位客人也帶來一籃剛出爐的麵包。

結果，我們有相當愉快的一晚，有人示範了織錦繡，也談論了賞鳥——但誰知道會有這麼美好的結局呢？

冬

winter

救命的工具

二十多歲時，我初次離開老家，父親給了我一個擁抱、一把鐵鎚和一支多用途螺絲起子。母親給我同樣熱烈的擁抱，以及一只電壺和一具吹風機。我必須靠自己生活了，家人送給我一些工具，來應付這個大大的世界。

如今，我度過十年都市生活，以及不止十二年的農家生活，我仍然需要那些用具（雖然換了略為新型的），我將它們一起放在穀倉裡，以便經常使用。

鐵鎚和螺絲起子常與其它各種小工具、各種尺寸的螺帽、釘子一起共事。對使用這些東西，我雖然還稱不上熟練，但自從第一次試著掛一幅畫以來，也算累積相當的經驗了。電壺能幫我在冬天接生小羊時，沖一杯讓人舒緩的熱茶，或在接生不順時，把漸冷卻的水桶再加熱，或為馬兒調理熱呼呼的飼料。

每每別人來參觀我的綿羊穀倉時，對吹風機最為困惑，但所有從老家帶來的用具中，就屬這個最不可或缺。

我初次發現吹風機用處很多就是在穀倉裡，彼時家中正進行著相當熱鬧的聚會，屋裡滿是客人。自然了，零下二十度的大風雪在颳著，可是身為盡責的牧人，我想最好在酒酣耳熱之前能到穀倉快速地巡視一下。我看過馬槽，食物滿滿的，孵蛋箱也加裝了板條，那時從穀倉後傳來小而尖銳的咩咩聲，我發現一隻母羊繞著一隻滿身霜雪的新生小羊打轉。

小羊應不至於這麼快誕生的，但我隱約記得八月初有一天，老公羊養精蓄銳得足以跳過圍籬，跳進母羊堆裡去了。顯然，我未能在意外的羅曼史發生前捉到牠。

我試著用稻草搓揉「寒霜」（小羊的名字），但我可以感覺到牠已嚴重受寒。我忠實的電壺此刻凍得硬硬的，因此要洗個熱水澡少說也得等上半小時。我盡快將小羊和羊媽媽，放到一個有照熱燈的活動畜欄裡，然後頂著呼號的大風雪衝回屋裡。

客人們都已微醺，我穿過衣帽間溜進屋裡，沒人惦記著我，我快速進入浴室，把吹風機裝到口袋裡，又把擦手的毛巾塞進另一個口袋。我的客人玩得太盡興了，他們對女主人中途夾帶小電器和毛巾離席，未曾產生任何疑問。

回到穀倉時，照熱燈散發著溫暖的光熱，母羊舔著寶寶

想讓牠復甦，萬事具備，只除了小羊身上仍裹著一層冰。

因此我急忙拿來吹風機，一面繞著小羊緩緩把牠吹暖和，一面用毛巾揉擦牠。約十分鐘，「寒霜」乾了，身子熱了，急著要站起來尋找生命的泉源。我給母羊一些糖漿水，是用那只總算化冰的電壺燒水沖的，我用碘塗抹小羊的臍帶，然後讓母子倆認識雙方，一如幾千年來羊兒的例行傳統。

我回到聚會中時，甚至沒人注意到面露微笑的女主人，身上有輕微的羊水味。從那次起，吹風機便在穀倉牆上佔據了一個掛勾，它曾為無數小羊取暖，為水管解凍，甚至還吹乾過幾隻笨到不會避雨的火雞寶寶。

坦白講，要是我看到別人穀倉裡沒有吹風機，那我就想不通他離家自立門戶時會帶什麼用具了。

動物秀

農場上發生的事，有些不太能在餐桌上討論。我不是指血啦、內臟或讓人不消化的帳單之類的東西，我只是指正常的生物或動植物、礦物。

例如，我常常在剪斷捆乾草的繩子時，會發現一條爬過打捆機的蛇，就死在紫暮蓿裡。

偶爾，雨水不知怎的滲進了大麥桶裡，引起發酵，就像釀酒廠的提煉過程那樣，而結果當然是還沒變啤酒前就發臭了。

在都市地區，鴿子往往不經意地在窗台上施肥，製造問題，同樣農場上的動物也在他們的生活區域做這些事，體重達五百多公斤的馬的排泄物尤其明顯。動物從不問你准不准，牠們對大自然的召喚是從不遲疑的。

我會提這些事，是因為我在多倫多的律師和他的妻兒有次週末來訪。那幾個三到六歲的孩子，似乎除了在電視上看過之外，從來沒有實際接近過農場，而隨著訪客的反應，我開始懷疑連大人也一樣。

雖然我總是跟訪客說，來農場最好穿得隨便一點，如果他們想在穀倉裡覺得自在，可以帶些舊衣服來。但城裡人一想到「鄉村」二字，就會穿成英國上流社會的模樣，而非加拿大農家百姓。幸好，我有一大堆各種尺寸的威靈頓橡膠靴給訪客穿。那個特別活潑好動的三歲小男孩，開心地地穿上好幾層襪子，以便套上略嫌大的靴子。

我為城裡人做過一件很棒的事，絕對會讓他們樂壞——很久以前，我模仿小水鳥而發明了一種叫聲，那聲音簡直可和加拿大雁的恐怖呱噪媲美。

我在穀倉前空空的庭院裡做出哀嚎，你可以看到遠遠的，羊啦、馬啦都從雪地裡的食槽抬起頭，然後牠們高興地朝庭院跑了過來。城裡來的訪客不知內情，但這些貪嘴的動物知道，他們過來就會得到一些犒賞。

對於律師一家子，這真像一場幻景，雪花飛舞著，兩匹帕洛米諾馬飛馳而來，尾巴高高揚起，綿羊排隊跟在後面，好像電腦螢幕上的一串白色影像。馬兒嘶嘶，孩子們也尖叫，綿羊咩咩，孩子們再度尖叫。雁群吹著喇叭，鴨子呱呱，小雞咯咯，飛到公雞那裡去了。

這些都是我習慣的事務，都是我愛聽的聲音。

然而就像命中注定似的，就在鄉村秀達到高潮之際，綽號「汽笛」的老肯恩竟將牽引機開上了小徑，投下一捆大而圓的乾草給我的動物。

送乾草的人讓動物們驚嚇萬分，顯然，牽引機也嚇到了大都會來的三歲小男孩，六歲小女孩則把手緊緊按住耳罩，似乎無法同時應付機器的噪音以及其它喧嚷聲。

老「汽笛」完美地展示了駕駛牽引機的身手，並將巨大的乾草捆像扣籃般地投進飼料槽裡去了。肯恩實際上是個身材普通的男人，但駕著牽引機讓他看上去比較魁武。他以蓋過其它喧鬧聲的音量，繼續招待我的客人——用他長達三十五年的農場老經驗，傳授我這菜鳥餵動物的技巧。老先生在面紗般的雪花紛飛中離去，三歲男孩覺得他簡直是超級大英雄。

這時候動物都忍不住了，牠們開始發出受到刺激時的反應——綿羊尿尿，乾淨地蹲下來，沒有任何不良氣味；馬兒漂亮地小跑步，噴鼻息，弓背跳躍，並伴隨著腸胃脹氣。

被教養習於文雅行為的小女孩，因眼前的情景驚嚇萬分，而她弟弟對電視未播放的自然現象，卻看得興奮無比。

馬兒放著具有立體音效的屁，奔向後面牧場去了。「嘟嘟，嘟嘟，」小男孩也嚷著。

我看到母女倆用一桶穀子餵母羊，當她們拍拍羊頭時，羊向後退，若有所思地嚼著。接著我看見羊舉起粗短的尾巴準備排泄，我覺得自己抽緊了。

「媽，羊變膨鬆了呢。」小女孩說，優雅地轉過頭去。

我深信當我提議大家到廚房去喝熱巧克力時，律師夫婦鬆了口氣。晚餐在些許衝突中度過——小男孩堅持要練習他聽到的所有動物的叫聲，這使小姊姊瞟眼珠，父母親搖著頭。

後來我跟肯恩說，動物看到他開牽引機來時，都大聲「嘟嘟」或「變膨鬆」了。但我知道老「汽笛」又將訓示一番啦。

花車遊行

在多倫多某大型量販店，忙碌的工作人員得花上幾個月的時間，準備聖誕老人遊行節目，嚴謹的樂隊反覆練習幾支眾人熟悉的曲子，探子到處尋找無名小卒，來扮演能整場遊行都以手倒立走路的小丑。

不過，世界並不是開始或結束於多倫多，同樣，聖誕老人遊行也不是。在整個鄉間，儲物間和賣機械的商店裡，滿是聖誕老人遊行用具。我知道這事，因為我曾被號召參與一項最高機密計劃，捐了一些細鐵絲網和一袋羊毛，那計劃可能和什麼雪人之類的事有關。

每年，獨自住在一號小道的「老爹」比爾，都要花數個月和一組十分投入的工作人員，做出讓其他人相形見絀的花車。十二月初，老爹的花車會載著各式家製裝飾品，由牽引機、小貨車和幾隊繫著鈴鐺的馬匹拉著，走過鎮上的「大街」。

任何人都可以參加小鎮遊行，有些人甚至全家完全只專注於這個活動。在鄰近地區一些人家，堆乾草的閣樓裡，數代同堂合力將乾草車做成美麗的東西，在長青樹枝、雪橇和紅蝴蝶結的裝飾下，從曾祖母到最年幼的孫輩都同車演出。

有人把又老又大的聖伯納狗或紐芬蘭狗帶來，讓牠們戴著紅鼻子和法蘭絨的馴鹿耳朵。

去年三部巡邏車和四部消防車加入遊行陣容，總有那麼幾輛裝了燈飾的古董牽引機和一組古典型老汽車，載著打扮得像從狄更斯小說「聖誕頌歌」裡走出來的人物，學校樂隊和風笛樂隊一起加入合唱團，小型女子樂隊在夜間的酷寒下，快速轉著樂器，許多社團都來了，他們創造出一種對聖誕節的頌讚氣氛。

小丑們未必能用手倒立走路，但他們一路和人群握手，假使你靠近看，可能會發現油彩下的臉是認識的人，從鉛管工人到脊椎指壓治療師都有可能。花車經過時拋出糖果，孩子們興高采烈地叫著去搶。

這些活動聽來似乎很單純，其實不然。只想想「老爹」和他的同伴們要準備的，還必須準時登場的節目，就知道有多困難了。

最先要有個概念。有一年遊行主題是「聖誕節屬於小孩」，由於效果很好，結果遊行委員會決定一直沿用。

但對老爹來說，一般乾草車做的花車太平淡了，他要求的是創新，把花車視為一項挑戰——要用燈飾、音樂和會動的機械裝置去做。

去年他用了真人尺寸的牽線跳舞的木偶；還有一年把轉動的溜冰者放在

旋轉盤上；再前一年，是一座旋轉玩具塔。做這些需要相當的機械發明才行，更不必提要用到發電機和電池了。

今年，老爹和幫手要製造一個飛機花車。機翼是用一個舊穀物桶拆下來的金屬片焊接成的，機身是用一個廢棄的熱水貯水槽改造成的。飛機借助一個平時運送乾草捆到穀倉的小裝置所產生的水力。螺旋槳的旋轉則借助一只十二伏特的電池。「飛行員」甚至能舒舒服服地坐在一個舊剪草機的厚坐墊上。

六名男子合力將這個機械組合放到拖車上，小心翼翼地掛上燈飾，雖然會超出預算，但今年的構想是「追求光亮」，燈飾將連續閃動掃射，當擴音器吼出柏特・艾夫（譯註：Burt Ives，擅唱歌謠的老牌男歌手）演唱的「過個青綠、愉快的聖誕節」時，將會造成夢幻般的效果。

在駕駛員坐艙裡，有人英勇扮成查理・布朗的狗史努比，他將上升、俯衝並扔出棒棒糖。天曉得，遊行結束他們可能會得個獎，至少，他們的照片會被登在本地報紙上。

多倫多的聖誕老人遊行可能有一百萬人在看，而鎮上則只有幾百名觀眾會到「大街」感受節日氣氛，在聖誕老人一陣「呵—呵—呵」結束遊行時，向他揮揮手。

坦白說，我不認為小孩子能看出多少門道，而大孩子喜

歡的，是看本地屠夫打扮成變魔術的人，或銀行經理畫個馴鹿屁股在頭上這種事。

大都會的大型花車可能為市中心平添了光彩和魅力，直將群眾引入高級購物區，但看見一整隊佩雪龍馬掛著鈴鐺昂首闊步，拉著一車以節日裝飾為背景的小孩，更能讓我感受聖誕節的精神。

偷聖誕樹的人

我跟狗兒、馬兒即將在長青樹林中進行一年一度的旅行，去尋找一棵完美的聖誕樹。我們要盡量等候天空只有幾片雪花飄零，而腳下鬆脆的積雪扎扎作響的晴朗好天氣。

我有一片八百公畝的地，長了上千棵的長青樹，從只及我身高到超過兩層樓高的樹都有，因此要找一棵十全十美的針葉樹，得花上半天工夫。此樹要用來裝飾客廳，觸及天花板，讓樹頂的裝飾星星彎向側面。

我隨身帶了紅絲帶，合格的樹先做記號，等篩選到剩下二、三棵時，我和馬兒就繞著每棵樹走幾圈，找到空曠的地點，然後就要做決定。

我會用手鋸去鋸樹，因為使用鏈鋸（譯註：有馬達的鋸子）對樹或對傳統，似乎都不恰當，且會嚇到兔子。我用繩子綁住樹，另一頭固定在西部馬鞍上，「淑女」和我就能把樹拖回家，而狗兒在後面追著跑。

如果你覺得這聽起來好像柯瑞爾與艾夫的石版畫（譯註：Currier and Ives，十九世紀一家美國石版畫公司，其作品忠實而直接反映當時美國人的生活）裡的情景，坦白說真的就是如此。

我的樹不是唯一被砍的樹。雖然我不是做聖誕樹生意的人，但我知道鄰居、朋友、本地的冰上曲棍球隊、還有教會的長老們，都會帶著鋸子、平底雪橇和孩子們駕車出門，在林子裡徒步尋找他們心目中完美的聖誕樹。

我出門時，會留張字條在前門，簡單幾句話像「鋸樹時請接近地面」、「離開時請關柵門」、「祝聖誕快樂」等等，下方我會釘個信封袋讓人捐些錢，用來再植一些新的樹。

每每我在一天購物回家，發現信封袋裝滿錢，還有一些小謝條，偶爾夾著小孩蠟筆畫的去年的聖誕樹，我就覺得心裡暖暖的。

然後，偷樹賊的問題來了。

偷樹賊不管我掛的標示，他們不停下來想想他們對籬笆或對樹造成的傷害，當有上千棵樹可以選擇的時候，偏偏要將一棵六公尺高的樹砍掉最上面的三分之一，實在太沒有道理了。然而我就是看過有人做這種事。

偷樹賊不像是付不起錢給我，想要聖誕樹我是很好商量的，本地的食物銀行（譯註：將募來的食物捐給窮人的公益機構）都知道若需要捐贈，我一定會伸出援手。大家都曉得，由於這個季節的濃郁感情驅使，我甚至會為無法出門的人砍樹，並送去給他們。

但對在我林地中央偷樹的人而言，這也好像變成他們的傳統。

在本地無所不談的小酒吧裡，終於有人對我解釋這項「傳統」了。「你不知道嗎？一棵樹除非被偷走，否則是沒有用處的。」一位高爾夫球場經理表示了他的看法。顯然他已經偷我的樹好幾年了，還認為侵害別人的產業是項有趣的遊戲。

因此我開始為樹而巡邏。我想馬兒比我更愛這份工作。一個週末裡不一定幾次，我不套籠頭也不裝馬鞍，一直騎到圍籬的界線，慢跑時雉雞被趕得亂竄。

偷樹賊正砍到一半，絕對會被一個騎著帕洛米諾馬向前衝的瘋狂女人嚇一跳。我聽過各種毫無說服力的理由像「我不知道這塊地有主人」、「我朋友說沒關係，去年他哥哥也來砍過樹」、「我們只想看看就好，結果找到這棵，好喜歡，我要把錢付給誰？」

畢竟這是聖誕節，因此我沒有叫警察，而且我也發現，偷樹賊面對我的第一個動作都是去掏荷包。對於我農場上的樹能成為鎮上許多家庭歡樂的一部分，我很開心。這份記憶在來年春天重新造林時帶給我一股力量。

然而，最讓人高興的是，在聖誕節將屆之前，食物銀行收到一筆來自偷樹賊的捐贈。

這就足夠讓一匹帕洛米諾馬微笑了。

聖誕禮物

根據「聖誕節的十二天」這首歌，在第三天，「他」應該送我三隻法國母雞，但實際上「他」帶來的是三隻西非雌珠雞，牠們被放到地下室一支照熱燈下，吱吱喳喳地慶祝佳節。這些一週大呱呱叫的棕色毛球，像雞和雉的混合，牠們在籠裡發瘋似的跑來跑去，豎著頭爭相觀看外邊的世界，又在白天或夜裡最不恰當的時間大合唱。

之所以會有這些小傢伙，是因為「他」在十一月一段溫暖的日子裡，在一叢柏樹附近的灌木裡發現一窩西非雌珠雞，天曉得珠雞媽媽幹什麼想不開，要在降霜的季節下一窩蛋。但總之，蛋就是生下來了。

珠雞媽媽並不孵蛋，牠只生蛋，牠在蛋的四周閒逛了一陣，然後就走開了。「他」發現時一共有六個棕色帶斑紋的蛋。不知道牠們曝露在大自然下多久了，我傾向於隨牠們去，或把牠們丟掉，但他不這麼想，他弄來孵卵器，憐愛地把那些小小的蛋放進去。

珠雞的蛋比普通雞蛋小一點，但孵化的時間卻比較長。正常的二十八天過去了，我生命中的男人似乎大半天時間，都在透過孵卵器的玻璃蓋窺看，等待生命跡象出現。

「三號要破殼啦，」他高興地宣佈，但我想那是因為他一直想蛋會孵成功想瘋了。

「五號要出來了。」過了幾分鐘他再度通知我。但我認為那是長期以來地板發出的吱吱聲。

別以為蛋在尚未孵出前不會搖晃，或小雞不會探頭出來，牠們會。有時，小雞要破殼前，甚至會在殼子上擠出第一道裂痕，在此預告之前，你聽得見小東西在殼裡啾啾呢。小雞推著，伸出頭要找出口時，蛋真的會做出「搖滾」的動作哩。

我們把蛋放到一只孵化盤上，因為說不定這一切並非他的幻覺。

結果不到半小時，第一隻珠雞寶寶真的破殼而出了，牠還把蛋殼俐落地掰成兩半。一小時內，又有兩隻新生兒加入行列，牠們在孵卵器內身子都已乾透，著急地要看外面的世界。

每當我將小雞從孵卵器裡取出時，總有短暫的悲哀感。剛出生的小傢伙天生期待媽媽的撫慰，可是這裡沒有媽媽的羽翼可藏匿，也沒有媽媽的咕咕聲，反而有隻人類的大手把牠挖起來，將牠空投到木屑裡，給了一些水和食物，還在牠的小腦袋上方點上一支又大又亮的燈。其他同樣困惑的小雞很快加入了行列，開始研究吃喝這類最基本的事。只是牠們缺乏模仿的對象，只有一隻大手不時闖入牠們的空間，為牠們補充食物，加上一張沒有羽毛的臉，從塑膠玻璃罩上瞪著牠們，做出一點兒也不像母雞的咕咕聲。

聖誕節的奇蹟是，小珠雞究竟孵出來了，雖然牠們善變的生母和其怪異的行徑，原本不該讓其中幾隻在蛋黃階段就夭折的，而今小雞們找到了一個接納牠們的精神堡壘——一位珠雞爸爸——如果要這麼稱呼的話。

小珠雞一星期內就長大了一倍，翅膀和尾巴上也長出羽毛。牠們的父母有一身深灰斑紋夾著珍珠色點子的羽毛，頭上長著滑稽的紫色頭盔的而非羽毛，小珠雞至少要一個月後才會長得像樣。

我的他對他的寶寶感到嘆為觀止。

當他把結實的手臂伸進溫暖的小窩時，小珠雞一擁而上，用好奇的喙戳著他的手。他在窩裡吊了一個本來是節日裝飾品的稻草娃娃，這樣寶寶們就有玩具了。他把萵苣菜削成細條，以保證牠們吸收到所需的維他命。他不再對牠們「咕咕」，而改用不連續的高音反覆說著「吧喀—喂」（buck wheat）。

現在我引頸企盼著，若是在三隻西非珠雞後，有一隻鷓鴣在老梨樹上棲息，我是不會驚訝的（譯註：根據「聖誕節的十二天」的歌詞，第一天的禮物就是老梨樹上的一隻鷓鴣）。

聖誕心情

從我坐著的位置看過去，真是一片銀色聖誕，此刻是我最快樂的時刻，所有的奔走忙碌、購物、剪樹的事情都已告一段落。在鄉間，我們習慣在聖誕夜的前一天，把所有東西一次購齊，因為大風雪不知何時來襲，道路便封閉了。

農場現在看起來「非常的聖誕節」。一年中的這個時刻，我徹底了解為何自己會將穀倉漆成紅、綠二色。甚至母羊的屁股上，都染著紅和綠，看起好像是特意為節慶而印上的，但實際只是為標示與公羊交配的記號。公綿羊套著的挽具，胸牌上有蠟筆所塗的大紅色，每與一隻母羊配過後，顏色就擦在母羊身上，而我會在過程中，將紅色換成綠色。

事實上羊兒看起來相當愉快。當然啦，馬兒現在也都戴上了紅綠二色的轡繩，而貓在堆肥四周數度追趕最大的肥鵝之後，現在也戴上紅綠二色的頸圈，並掛上鈴鐺。

我在最後一刻採買小紅莓、奶油和干邑白蘭地時，揀了些胡蘿蔔和蘋果到推車裡。在聖誕夜的晚上，我會把它們切碎，和燕麥拌在一起，並摻上溫熱的糖漿。子夜時分，我會

送到穀倉去。

無疑動物們那時都正好眠，我會把收音機轉到聖誕歌曲，牠們不會明白為什麼我要吵醒牠們，或為什麼被叫起來吃大餐。而一旦吃了，牠們就會安穩下來，讓我在牠們中間逛逛，拍拍牠們的鼻子，馬兒會用冰冷的鼻息噴我。

我會靠在馬槽邊，搖著綿羊的鈴鐺，讓節日的情感在這個最私密的地點流過全身，動物不在乎你眼中含著淚，牠們照樣和你碰鼻子。

我會思念起家人及以往的聖誕節。我會想起爸和我做了一隻雷龍，我會想到那年聖誕節我得了癌症。

我會想起所有在聖誕節看到的孩子，我會想起離開我已久的外公外婆，將他們的人生回憶和食譜留給了我。

心中閃過有趣的鏡頭：春天時小羊到處跳躍，像灰白色的小傻瓜；菜園裡的甜玉米；鵝孵出一打毛茸茸的小鵝；小狗想和穀倉裡的大貓做朋友；馬兒想和臭鼬鼠做朋友。

我會回憶捆乾草的晴天。我慶幸所有工作的成果，都已轉化成這間在聖誕夜安全而寧靜的穀倉。記得的是歡樂，遺忘的是背痛。

我會想起一位老太太，她躺在療養院的床上思念家人；想起一個朋友失去了寶寶；想起一個認識的家庭，他們失去了農場，當他們問，這一切是為什麼？我要任憑淚水緩緩地流，並同樣問為什麼。

我會想自己何其有福，又何其幸運。

這不是一個感傷的儀式，我就是自然而然會想起這一切。

獨自沉澱過後，該拍的頭都拍過了，我就把穀倉門關上。聖誕夜整晚，收音機都將開著，盡情播放聖誕歌曲，忘了電費帳單吧。

我回到屋裡，聖誕歌輕柔地響著，火爐裡木柴燃燒的氣味吸引著我，坐到聖誕樹旁「他」身邊，在聖誕老人降臨前喝一杯蛋酒吧。我要在雪中找一處杳無人跡的地方，穿著雪衣躺下去，做那件自從我對聖誕夜有記憶以來就會做的事——揮動手臂和腿，讓雪地裡顯出一個天使來（譯註：人在雪地裡向後倒下，會壓出一個「大」字，揮動雙臂可弄出翅膀的效果，揮動雙腿則弄出袍子的效果）。

聖誕快樂！

臭鼬鬧新年

小時候，爸媽會在聖誕夜盛裝，去某處參加一個不能帶小孩的大宴會，我、弟弟、妹妹，和看孩子的人在家，我總是盡量撐到午夜。當蓋•郎巴多和皇家加拿大管絃樂團在紐約市某個光彩奪目的大廳演奏「美好的往日」（譯註：Auld Lang Syne，蘇格蘭民歌，西方人慣於除夕夜使用此曲），我總是幻想我父母參加的，正是郎巴多的宴會，而且有朝一日，我也會和他們一樣。

那是個夢。但，農場上的除夕自有其不同樂趣。我碰過除夕大風雪中接生小羊；還有次停電三小時，因此沒有喧囂的音樂狂吼，我們只好以古老電晶體收音機的爆裂聲相伴，自己在燭光下吹著口哨，迎接新年來到。

後來有一年，我唯一記得的，就是那個除夕變成了「臭鼬鼠之夜」。

那並非很久以前的事。我正預備出門到三個農場之外，和一個鄰居全家共度佳節，或許會玩牌，講些荒誕不經的故事。不需要打扮得引人注目，不必穿宴會服裝或刻意做頭髮，不過我還是試圖遵守自己在除夕夜總是穿高跟鞋的習慣，這樣不至於完全忘掉如何穿它。而且，我發現如果在除夕夜穿高跟鞋，可藉地心引力知道酒是否喝的太多。若喝太多，穿高跟會搖搖晃晃。

臨出門，我決定放狗出去跑一下，五分鐘過去了，牠們還沒有回來，十五分鐘過去了，我知道出了問題。

熟悉的抓門聲終於響起，我只吸了吸鼻子，就知道狗兒碰到了臭鼬鼠。毛較長、個子較大的狗，躲過了這種黑條紋的小獸，但我的小型狗——室內寵物、黑色皺皺的中國沙皮狗笛娃，牠愛舔我的臉，愛在我全身跳上跳下——現在因臭鼬鼠的攻擊而痛苦萬分。

我摔上門，蹬掉了高跟鞋，打電話向鄰居說我會遲到一會兒，不過我認為沒必要提及狗被臭鼬鼠噴濕的事。

要大秋田狗絲黛拉在穀倉裡過夜，不是什麼大不了的事，事實上牠經常自願和綿羊同寢。但這次的受害者是短毛、完全被慣壞了的笛娃，即使是當著牠的面關上穀倉門，都足以使牠哀嚎得沒完沒了。

對一隻渾身是臭汁液的狗，當務之急就是把牠關起來，因為沒什麼比臭鼬鼠的「香油」更難清除的了。我迅速跑向碗櫃，最下層的抽屜裝著一堆連捐贈都沒人要的破布。

我換上適當的衣服，把裝狗的板條箱從地下室的粗石板上弄出來，用一個羊肉丸子引臭笛娃進去，那本來是要帶去當新年自助餐的菜。笛娃對箱子並不友善，但我想這總比替全屋子除臭要好一點。

我一副舊時代遊民的模樣，出現在最近的貝克雜貨店，買光了全部六罐蕃茄汁，櫃檯後那個新來的年輕女子說：「天哪，你做的這道菜一定非比尋常。」一個拿著一袋冰塊的男人也發表了意見：「今晚好像有人要大喝血腥瑪麗（譯註：以伏特加和蕃茄汁調製的雞尾酒）呢。」　而他身後有個女的，拿著一大罐蛋酒，一副十分了解的神情，她只說了三個字：「臭鼬鼠！」

「狗抓到的。」我簡略地回答。涵義深遠的溝通方式通常最有效。

就在那一剎那，店裡其他客人都順風聞到了我的氣味，無疑地，那是推狗進臨時狗籠的後果。臭鼬鼠的氣味實在驚人，我只是輕微接觸，竟能讓氣味充滿這間要兩分鐘才能繞一圈的店。

回到家裡的衣帽間，我開始搬走我不希望染上臭鼬味的每件東西，包括週遭的衣服、靴子、雪鞋、一雙古老的平底雪橇，和一支放錯位置的花園耙子。我把一半的蕃茄汁摻上溫水，把那小臭狗哄進一個大塑膠浴盆，旁邊點著暖爐，以便與室外酷寒的溫度抗衡。

消除臭鼬味實在是一種令人憎恨的技藝。等狗終於了解無法逃避洗澡，我就用杓子舀蕃茄汁淋到狗身上。理論是蕃茄汁裡的某種酸，能中和臭鼬鼠噴射的液體，只是要費點時間和蕃茄汁罷了。

這樣洗了十分鐘，笛娃實在受夠了，牠做出所有狗同類都會做的動作——撐著站起來，抖動身子，結果將充滿臭鼬味的蕃茄汁甩得整個衣帽間都是，而且也弄得牠不耐煩的主人全身都是。

再用掉三罐蕃茄汁，狗又甩了幾次水，我們去屋內用真正的洗髮精淋浴了。到了晚上十一點半，我倆都吹乾了，空氣中依然有微弱的濕狗、臭鼬與嬰兒洗髮精的味道，為了謹慎起見，我為自己噴了些花香味的古龍水。然後換上除夕的裝扮，當然，還有高跟鞋。

我在午夜倒數前及時趕到鄰居家。有人拍拍我的肩膀，「我看不用給你血腥瑪麗了。」一個低低的、熟悉的男聲說。

當然嘛，剛才那個在雜貨店買冰塊的男士，竟是我鄰居的舅子。他身旁的女士，也有點面熟，她遞給我一杯蛋酒。宴會上所有的人都已經聽說過，一位衣衫襤褸的女士到貝克雜貨店買走幾加崙蕃茄汁，因為一隻臭鼬鼠噴了她的狗。

大家都跑過來重重地拍我的背，把穿高跟鞋的我拍得還沒醉就站不穩了。在鄉下，人人都有狗與臭鼬鼠對抗的故事要分享。

我想，在某處，一個華麗的舞會正在舉行，女士們身著長裙，與高雅的男士共舞，用水晶杯飲著香檳——在我的夢裡。

最大的冠藍鴉

鄉村生活是為著鳥兒，我一點也沒有誇張。

我餵野鳥已好多年了，起初用一個走了樣的供食器，後來發展成五個，其樣式從鄉村穀倉、高科技樹脂玻璃、到盛裝動物硬脂肪油的家製容器都有。

供食器散掛在客廳窗外一叢巨大的紫丁香光禿禿的樹枝上，鳥兒終年在這裡活動。餵食並沒有一定的時刻表，反正牠們從早到晚來去自如。

無疑地，鳥兒認為我只是一個標誌罷了。每年春天我都要種下成排的向日葵，它們高到頭都垂下來，我從未採收過葵瓜子，因為鳥兒總搶先了一步。一旦向日葵季節過了，我就要開始依賴製飼料的磨坊供應各式種子。到冬至時，鳥兒吃掉的飼料，每個月最多可達四十公斤。

其中一隻引起我注意的鳥，姑且稱為「最大的冠藍鴉」吧。

這隻大塊頭的鳥住在一小片沼澤附近的柏樹和樺樹上。我懷疑牠唯一的運動，就是在樹與供食器之間往返。想到牠的大肚子，我就驚訝牠怎能在狼吞虎嚥向日葵種子之後，還能飛得起來。有一次，我看見「大藍」想在崎嶇的老蘋果樹枝頭做短暫停留，結果大樹枝在牠的壓力下彎了腰，引得滿樹麻雀歇斯底里大騷動。

其他鳥都沒有過胖的，吃或玩都很活潑的山雀能井然有序地站著，而五十雀能紋風不動地站在樹枝的小枝子上，完全不會因地心引力摔下去。

其他短喙雀、燈心草雀、鷦鷯、燕八哥和蠟嘴鳥全都在不同時間、在南遷途中造訪過供食器，各種不同的啄木鳥會在動物脂肪球上跳躍，有一年一隻知更鳥竟在二月裡出現，而嚇了我一跳。只有「大藍」很難好好地站在裝向日葵種子的供食器上，因此牠無法文雅地用餐。近來，牠的大腹便便已經造成進食困難，牠乾脆把種子弄灑到地面上，然後跳下去吃個痛快。坦白說，我認為「大藍」已讓同類松鴉感到尷尬。

由於牠們同樣都是大型鳥，天生易怒，松鴉通常都是俯衝下來控制供食器，讓其他較小型的鳥在松鴉離開前，只能卑微地吃些小種子。松鴉尤其喜歡驅散膽怯的北美紅雀。反正，「大藍」總不把別的鳥放在眼裡，一旦鞏固了勢力範圍，一心就只想到吃。

農場動物要規律餵食，相對比較容易。若是母羊胖得超過正常狀況，我可以將牠們隔離，直到恢復健康的身材；而如果我想要養出肌肉豐厚的雞，只要多給些玉米，二到三週即能神奇見效。可是你沒法監控一隻決心把食槽掏空的鳥。

或許「大藍」只是第一波突變的野鳥，是習於在寒冬飽食終日的禽鳥後代。果真如此，那我的供食器很快就會養出大如茄子的山雀（編註：北美所產之茄子，不似台灣品種細細長長，而是粗粗圓圓又短短的形貌）了。或許我該把那棵老紫丁香補強些支架，為供食器加裝平台。

這可能只是趨勢的一角，如果「大藍」今春求偶，那麼未來還有更大一群要來呢。

我該早點通知磨坊，說不定以後會有個新興的「淡」向日葵種子市場（譯註：指低鹽、低卡路里的種子）呢。

人羊鬥智

我在貴湖大學（University of Guelph）上牧羊課程時，講師說過的頭幾件事之一是，永遠要高估羊的智力。

他說的沒錯。

今天，當我不畏風雪，將滿叉乾草堆到戶外的食槽時，一隻母羊靜靜的待在其中一個食槽裡。

牠怎麼進去的，我不知道。食槽高一點二公尺，而且設計嚴密，只能讓羊把頭伸進去。反正牠已經在裡面了，我所能做的就是檢查牠耳朵裡的刺青，以確定這隻就是一歲的葛楚，牠為反芻動物的愚行創下新高。

你會想，如果牠能進去，那牠一定也能出來。不，即使現在其他羊都已經吃飽了，葛楚還是無法移動，而平時羊是可以為咬到一小口穀粒，把身子扭曲到極點都在所不惜的。若在正常情況，我可以輕輕把槽推倒，讓葛楚跳出來，但現在食槽嵌在冰裡！

葛楚把起碼二十七公斤的體重壓在我身上，不過這並不能阻止我跳進八角形的食槽，我預備先把牠從前腿舉起。我可以先讓牠的前腿搭在槽邊上，可是等到要抬牠的屁股時，

葛楚的反應竟是一屁股癱在我腳踝上，像一大袋羊毛似的。

我推想，最初牠一定是跑著跨進去的，要出來可能需要梯子之類的東西。

為了驗證這個推理，我試圖把一些乾草擠到槽裡，墊高到牠能自己走出來的高度。

錯了。乾草無法塞到葛楚身旁，也擠不出任何空間給牠，情況更複雜了，因為這些多塞進去的乾草把其他羊引了過來，牠們以為那是可吃的東西，葛楚四周和頭上都是羊，我想把乾草及時救出來--而不是帽子，我的帽子早已被葛楚當成暖腳的工具了。

我試著用我最信賴的鐵撬把食槽撬鬆，經過十五分鐘練習舉重，舉起被冰封住的食槽，我感覺到它鬆動了。萬歲！我把鐵撬舉到頭上，自顧自地大喊起來。

此舉引起了老公羊的注意。牠本來一直是隻相當被動的羊，但，凡事都有第一次。

我越過眼角視線，窺視到牠在向前衝了。沒戴帽子的我剛好及時把頭鑽進食槽，和葛楚躲在一起。當你發現自己被公羊圍困在食槽裡，外加一頭移不走的母羊，一隻腳踩著你的帽子，另一隻腳踩在你腳上時，你唯一能做的事就是用力大叫。讓眼前的情勢升高是無意義的，因此等公羊一失去興趣，我就躡手躡腳爬出來，閃到最近的籬笆旁。

好，現在是讓科技幫忙的時候了。

我發動貨車，亮了燈，播放漢克‧威廉斯粗聲粗氣的歌，然後手持釣魚鉤，跳過籬笆，用一條伐木用的鍊條套住葛楚站的食槽，這番衝擊足以使公綿羊讓步。我倉促回到籬笆後面，將鏈條綁住車子的保險桿，讓四個輪子都緩緩倒轉。

透過飛舞的雪花，我看著食槽極為輕緩地移動，儘管葛楚還想與之對抗，槽傾倒了。

翻倒的槽躺在那兒。這便是綿羊的智慧水準——葛楚並未奔向自由，牠又與智商相同的其他羊湧向側面的食槽，在一陣貨車喇叭的叭叭轟擊下，牠們終於集體離去。

我解開鍊子，並將帽子從食槽裡釣出來時，不禁懷疑，牧羊人的智力是否也不該被過份高估。

歷史的顏色

過去一個世紀，綠顏色的油漆一定賣得很好。不是森林的深綠，或天鵝絨般的翡翠綠，而是介於薄荷綠和發霉綠之間的一種了無生氣的綠。

我花了一個冬天拆我舊農舍廚房裡的壁板和木條，發現那就是層層油漆中的一種色澤。

隔著兩個小鎮遠的一位朋友，修房子時也看到這種綠，我和一些人談到房子原先的顏色時，他們都記得，在買下維多利亞式農莊後，發現過這種惱人的底色。

我的農莊在我初次發現它的時候，狀況還相當好，由於我志在養羊，多數問題只要幾加崙白漆就能暫時解決，因此當我的城裡朋友忙著安裝按摩浴缸和義大利式廚房時，我卻忙著搭圍籬和羊舍。

我很高興自己沒有莽撞地改造老房子，在裡面住上一陣子，讓我有機會欣賞它的過去。房子是一八八〇年代用黃磚蓋的，這些磚來自幾公里之外的某家磚廠。我又聽說了一些故事，了解先前住這屋子的家庭，知道了在屋裡出生的孩子，也知道起居室曾如何進行著熱熱鬧鬧的牌局。我開始覺得，這棟房子猶如一塊畫布，在我抵達之前，別人曾在畫布上構圖、作畫、貼壁紙，達一世紀之久。

我在牆壁上做的任何修補，到頭來都會變成給未來屋主的一種訊息。我在房子上留下的任何痕跡，就像我在四周田野裡養牲口，也將形成地貌變遷的一部份，這個變遷將捲入歷來所有屋主的歷史洪流裡。

我為一間臥室選油漆顏色時，心裡並未預存這沉重、或說感傷的責任感。然而，老房子的確含有許多真摯的手藝，我很願意完整保存其特質。

我心裡惦記著這種完整性，在那個下雪的日子，開始拆廚房的壁板。依我的經驗，這類拆除起先都是小規模的，然後規模放大、沒完沒了。我找到一罐清除油漆的溶劑，決心要看看在門框周圍的深咖啡色之下是什麼。

我看到了褪色的黃漆，然後是一種奶油色，還有極其難看的綠，最終是木頭的本色，是美麗的、黃油般的橡木，和一些其它質地較軟、在本地林地上生長超過百年的混合木材。

清理工作費了整個冬天，一吋一吋地進行，必須戴著橡皮手套做，好幾雙手套都被化學溶劑溶解成一灘黏呼呼的東西，各種工具都派上用場，包括一支廚房用的糖杓子，在壁板間刮擦，十分順手。

人不一定要成為腦外科醫生才會拆木頭，要保存天然的

古老色澤和木頭的紋理，而不讓木頭乾燥或像未加工的樣子，有一些技巧。但此外，單純的耐性和堅固的決心，似乎就是所有必要的條件了。最大的收穫就是你與工作成果一同生活。

因此當一位大都市來的室內設計師朋友在廚房閒聊時，說廚房是一間「很能發揮」的空間時，我大為吃驚。

他藉著現代化、薄木片做的碗櫥，和像機艙裡用的鹵素燈具，構思「把木條都浸泡成黑色，好使全屋有完整感」的畫面。

就衝著這個想法，我會把他綁起來，浸到一大桶泡菜汁裡。

只要我當這房子的主人一天，房子就會以它的年歲為榮，並樂意以未化妝的原貌反映它的歷史。壁板將盡量像從樹木伐下時那樣赤裸原味。為了後代子孫，我永遠不會去買廉售的綠油漆（譯註：油漆店常把顏色較難看的漆低價出售）。

冰天雪地

我抓起鶴嘴鋤和手鋸，冒著屋外的大風雪去處理雜務。在這樣的寒冬做農事，我看自己真是少了好幾根筋。

但想到城裡人在市區和棕灰色的融雪泥濘奮戰時，就覺得去穀倉也不過是從大腿高的雪堆跳過去罷了。

一位年事雖高但精力充沛的蘇格蘭籍牧羊朋友，就豎了一些做為冬季危險警告用的柵欄，以便在茫茫大雪中指引自己往返穀倉的路徑。他每隔一些空間就插一根樁子，且每支樁子都貼上橘色的反光條。如果走了三步還沒看見一根樁子，那他就知道自己走偏了。此人實在夠精明。

颳雪的時候，我試著不要偏離了爛爛的小路。聽過太多關於拓荒時代的故事，甚至近代也有，有人只是在結冰積雪的小徑上慢慢走，就導致大災難。

只是有些事你無法等到天氣轉好再做，像給牲口添食物和水，舉例來說，很不幸地，冰常把大捆圓滾滾的乾草邊緣給凝結了，那原本是要讓羊自由享用、讓我可以方便一點的。

這帶來許多不便，我必須用鶴嘴鋤猛敲結冰的乾草捆，再用我忠實的鋼鋸，鋸開封在乾草外面的冰層，有時真令人好生挫折。等我又劈又鋸，弄開了乾草，急切的羊群便一湧而上。想快速逃脫現場，簡直如同攀登用雪和羊毛做的馬特峰（譯註：高四四七八公尺，在瑞士與義大利交界處彭尼內山中）呢。

當我把所有動物都餵好了，抽水機通常也結凍了。我將覆滿雪的毛線帽拉下來遮住臉，希望這場明顯的惡夢能很快結束。

今年，一年一度的凍結，發生於討厭的工作完畢和晚餐後。我正準備在上床前好好地將疲勞的肌肉浸泡一番，哇，沒水啦。

我早已學會在地下室儲存幾加崙的水，以備這種情況急用。當水在爐子上煮滾時，我爬進濕漉漉的雪衣裡，並裝上幾種手電筒，準備到抽水機房的恐怖路上可用——有一百三十七公尺遠，要跨越一片積雪的荒野。

抽水機房是一座古色古香、小小的穀倉形建築，坐落在一口井的上方，抽水機裝在地下一點八公尺深的一個填充了發泡合成樹脂的洞裡。每個冬天，我都說好要安裝樓梯，但一到春天我就把這事給忘了。一只舊板條箱是我唯一下到洞裡的台階。

經過多年的經驗，我知道問題通常出在一個叫「文丘里管」（譯註：一種用來測量管道中流體流量的裝置，以義大利物理學家文丘里命名）的小橡皮管，必須以熱水將它揉搓一番。在抽水機正常運作前，多半要耗掉幾壺水，在那短時間裡，濕濕的雪衣會開始凍得硬硬的。穿著結冰的雪衣爬出洞來，簡直是在練習得關節炎嘛。

然後我必須瘋狂地衝回屋子去確定水是否流動了。空氣阻塞在管子裡，要噴幾次水和打幾個嗝，水龍頭才會順利出水。水流暢無阻時，那畫面和聲音實在吸引人，是一種能讓我滿心愉快的廉價娛樂。

在一次特別累人的抽水機奮戰後，我正在爐火邊讓自己化冰，一位大都會出身的女友打電話來，這可憐的孩子已經忍受了市區街道恐怖的一天，路上灑的鹽（譯註：防止道路結冰之用）完全毀了她精緻、全新的小山羊皮靴。

「我一定要打電話給你，因為我知道你在鄉下過好日子，你的腳蹺在壁爐旁，可愛的狗蜷伏在你腳下，」她說：「但願我是和你在一起。」

「對極了，」我回答：「沒有生活能和這裡相比的。」接著，我那隻大毛狗把雪抖得我全身都是。

我不笨，我是明星

有天我把我的一隻不安分的狗拴上皮帶，想複習一下遺忘已久的狗服從課程。一個路過的門諾教派家庭停下他們的馬車，從馬路上觀賞我們的滑稽動作。

別人都知道我常停下小貨車，觀賞一座門諾教派風格的穀倉建築，或是觀察他們在田裡用馬拉犁，因此，他們藉機察看都市出身的人，稀奇古怪地詮釋鄉村生活，著實沒什麼好驚訝。

事實上，我懷疑那馬車就是幾年前，看我在一個大冷天在起伏的小徑上溜小豬的同一部車。但願他們認為我終於正常了——現在訓練的是狗，而非豬。

這兒提到的那隻小豬，當時才幾個月大，是隻粉紅色的豬小妹，名喚泰菲小可愛。

牠來我這兒寄宿，是為了學點禮儀。但這亦非我過去曾有過的經驗。住多倫多的時候，我最接近真實家畜的狀況，不過是在皇后西街的史多克家禽市場，觀察一些雞試圖鋌而走險，逃避宰殺命運。而八〇年代我抱著利他主義移居鄉村的行動，讓我完全換了一個人。我估計自己大概還能養些綿羊，來排遣作家生活中的孤寂。畢竟，羊比牛小，牠們不會踢人或抓人，牠們嘴裡只有下排長著門牙，因此牠們無法咬人，那還有什麼難的呢？

不久我又多養了些雞。我一直試著養不同家畜，並把牠們分別養在限定範圍的牧場和穀倉裡。那隻小豬則是要和我一起住在屋裡，住在那間愛爾蘭先驅湯米・努南的鬼魂依然在主持猶克牌宴會（譯註：euchre，一種四個人玩的牌戲，盛行於十九世紀末）的客廳裡——這實在太不莊重了。

泰菲是預備當明星的。至少，牠將為一本給養豬人看的娛樂雜誌「花花公豬」（Playboar）做行銷，該雜誌預備進軍美國。

我認識該雜誌的發行人湯姆・海吉多年。我在「麥克林」雜誌人物版當編輯時，有天海吉戴著一只豬鼻子闖入辦公室，要求見「高官」。當時我剛採訪完英格伯・漢柏定克（譯註：Engelbert Humperdinck，老牌抒情歌手），我猜門廳接待員因此認為我可駕馭此人。

我的職業生涯總是被一些才華獨到的貴人所引導，海吉果然也是貴人之一。在我成為第一個為了綿羊而放棄全國性新聞雜誌工作的編輯之後，「花花公豬」便邀我當他們的特約撰稿員，為「豬小姐」專欄寫書評，並寫些諷刺性專題文章如「豬汽球」、「豬肉香腸」。

因而，當「訓練一隻行銷用的小豬」這個點子冒出來時，自然又找上了我。畢竟，一個牧羊人在淡季除了訓練豬，還有什麼好做呢？

這個季節裡沒有一大堆新生的羊寶寶要照料，沒有莊稼要收成，也沒有乾草要打理，淡季是我一直巴望的，但擔任豬的禮儀指導員，這種挑戰實在讓人難以抗拒。

我的任務相當明確，泰菲必須學會拴著繩子優雅地走路，頸圈要連著牠粉紅身體上的轠繩。牠必須喜歡被撫弄，拍照時露出洽當的表情。這些絕非辦不到的把戲。

我確定豬還算喜歡社交的天性，可以在幾天內，讓小泰菲正確地坐到我膝蓋上，並挨近我。

錯了。

小豬被移到客廳一個鋪了塑膠墊的圍欄裡，豬的智力是如此高，任何小豬都可以輕易在幾小時內闖進人家。

又錯了。

泰菲把我的膝頭權充馬桶。

在長長的一週時間裡，我了解到，過去聽人說的關於豬的事全然不正確。至少以小泰菲的案例來看，老觀念不適用。牠可不想當什麼人的「阿諾」（譯註：電視影集「客串農夫」裡的寵物豬）。

泰菲並不欣賞客廳裡舒服的畜欄。牠精力旺盛，一心想破壞客廳，豪不留情地虐待吱吱響的玩具。牠對樂趣的定義是推翻喝水的碗，或在凌晨兩點瘋狂尖叫。

牠不喜歡在被抱著的時候吃豬食。就像電影「偉安的世界」（譯註：Wayne's World，以大量低教育程度語彙出名的搞笑片）裡的詞彙，牠選擇「吐掉」我餵的食物。我試著用胡蘿蔔棒和切片蘋果，哄牠學習恰當的儀態，像牠這樣的豬，很快就知道，震耳欲聾的尖叫，可以換來一片讓牠閉嘴的美味。因此，牠是個學習力很強的學生。

訓練狗，你必須讓過程有趣，狗才會服從，而訓練像泰菲這樣頑固任性的豬，訓練過程就變成一場鬥智。牠戴的韁繩，就是某些父母用來繫住學步小娃的那種繩子，這讓泰菲有點歇斯底里。要牠在我身邊平靜地走路，反而使牠的小豬腳牢牢釘在地上。

經過兩週的努力，我被迫承認我對訓練豬的美好計劃，已無力地宣告失敗，我塑造了一個像豬的怪小子。

很快的，泰菲轉到一位專家手下，繼續完成訓練。

幾週之後，牠真的能表演車輪翻、對鏡頭做「豬式」的微笑了。到了牠搭機抵達芝加哥做首演時，有空服員抱著牠，給牠蘋果吃。

這是個滿月的夜，我從沙發上可以觀看野兔在吃掉落到碟形衛星天線旁、鳥類供食器下面的向日葵種子，我放下「P.M.」雜誌，改看美國電視節目「我的豬」。

泰菲從一輛大轎車上現身了，優雅地搖晃著小腳步走下紅毯，攝影機隨著搶鏡頭。

一個明星誕生了！

泰菲和牠的發行人在飯店套房裡接受訪問，海吉戴著註冊商標豬鼻子，而泰菲繫著淡紫色的彩帶。麥克風轉向泰菲時，牠坐在海吉腿上滿足地哼哼。

但我太了解豬了，我看得出牠那小豬眼裡閃爍著一絲光芒，毫無疑問，泰菲依舊認為膝蓋就是馬桶。

深冬的焦慮

時序進入深冬，熱病卻全面來襲。此病名喚「艙熱症」（譯註：因禁閉、孤立所引發焦慮等病症）。

我還住在都市時，記不得有這種病發生。在都市，有緊急狀況時，可以叫部計程車載我去機場；溜進一家電影院，則立即享受到看電影的喜悅；當碗櫥空空如也時，打電話叫披薩。

而鄉間生活則全然不同——即便是你的傳真機開著，你在網路上，而且「在家購物網」對你表示友善。

有些日子，道路就是徹底封閉了；有些日子，你唯一聽見的外界聲音，是冠藍鴉在饒舌，是遠處雪地摩托車轟隆響著，是羊、牛、馬和家禽堅持不懈地叫著，等你去餵食。

這樣的孤寂中自有其光環，但任何事物過量的時候，都會令人有點瘋癲。

即使是禁欲主義者的門諾派教徒鄰居，也染上了艙熱症。

有天我沿著一條雪封的道路開著，注意到路邊有奇怪的

蹤跡。我發現是一部有點異樣的馬車留下的印子。馬車後面有拖繩，那些門諾派教徒正輪流在車後以一片硬紙板滑雪。

這種病會在任何時間、任何地點發生。當我用力從木料堆中拽出結冰的圓木時，當大風雪在屋外肆虐，我脫下層層被雪弄濕的農場工作服時，思緒會飄入幻境，痴想著那種聽歌劇穿的晚禮服——但對此，我一點兒也不驚訝。

我懷疑「在家購物網」會銷售以凡娜•懷特（譯註：Vanna White，美國著名的電視字謎娛樂節目「幸運輪」美艷性感的女主持人）做廣告的鑲寶石頭飾，肯定就是艙熱症開始流行的兆頭了。

無論如何，我多數的症狀都真的付諸行動了。

有一年，我把摺疊梯搬出來，想在冬至時清潔室外窗戶。

另外一年，我買了水泥，想在地下室雕塑一座小鳥用的洗澡池。

去年，我企圖在大風雪裡把舊雞籠四周裝設新的細鐵絲網。

今年，症狀一直難以捉摸，但我的確有病。

例如，我在食品儲藏間囤積了六罐鯷魚，我深信自己一定是在夢想夏天——那是蘿曼萵苣最甜，令人渴望吃凱撒沙拉的時候。或許是我下意識在想著什麼令人失去鹽分的外星人入侵吧。

事實上，我並不喜歡鯷魚。

我對郵差來的時間預估得準確無比，前後不會超過五分鐘。我徹底閱讀，每個小節都不放過，包括銀行對帳單背面淡淡的水印，外加所有宣傳單。而在某個好天氣，我曾盤算開四十八公里路去買一個廉售洗衣籃。

我在本地旅行社的架子上掠奪套裝行程目錄，全心全意做各式分析——目的地、價錢、龍捲風發生的可能性，以及接種疫苗的條件。

事實上，我哪兒也不去。

我曾認真考慮從「在家購物網」訂購一個粉紅色的踏板健身器，我也曾考慮試打那堆「九〇〇」號碼中的一個，聽聽看電話裡到底講什麼會值每分鐘五元。

我會把腳趾甲塗成大紅色。

以上這些，加上發現自己在庭院裡隨著「滾石」合唱團的歌狂亂地轉圈子，因此我肯定是得了艙熱症。

對於我的病例，治癒方法是多面的。某天我會跳上公車，坐到我們內陸人稱之為「大煙筒」的多倫多去。

我會去找一位美髮師打扮一番，並觀察洗髮精廣告模特兒，以便趕上最新流行的款式。

我會買些撩人的內衣，還要試戴新帽子。

我會和都市女友一起午餐，結果確定我永遠不會回去坐辦公桌，或每天塗那麼多化妝品。

而在鄉間，我最喜歡的療法之一是去上課，到目前為止，我已上過「航海」、「槍械安全」、「火雞去骨的手藝」，今年，我看我會去上「如何用假繩釣魚」。

郵件本身也是一種療法。

我有一個抽屜裝滿種子目錄，是聖誕節前就陸續寄到的。你必須有栽種計劃，還要下訂單，很快巨大的南瓜種子和各式法國青豆、充滿異國風味的中國蔬菜都會寄來。

我已經架起盆栽工作台，舊盆子和托盤也收集起來，幾週之內，每一個窗台上就會有東西發芽，散發大地的氣息，栽種植物可以讓任何冰封的冬日變得可堪忍受。

我不知道都市人會不會得艙熱症，或在都市建築裡，能否注意到日落時間一天比一天晚。

我想艙熱症任何地方都有。今年，任何人若是發現自己無緣無故囤積鯷魚罐頭，或把腳趾甲塗成鮮紅色，方法很簡單。

首先，訂一份種子目錄。然後留意時髦的新式釣魚用防水衣何時大拍賣，把釣魚竿的繞線輪上點油。去剪個新髮型，穿上夠辣的內衣，戴頂新帽子，一邊聽「滾石」的歌（或任何可以感動你的音樂），一邊轉圈圈。

冬季服裝

在農場上生活，有一件事你不必太費神，即服裝跟不跟得上流行的問題。一身好套裝可能對你和銀行打交道有所幫助，但在穀倉裡則穿什麼都差不多。

偶爾，我外出做活之前，會對落地鏡瞧上一眼，我看見自己的穿著，說出深冬的時裝宣言無他，保暖而已。

以現代流行語來說，你可稱之為「鄉村垃圾」（譯註：Country Grunge，Grunge也是指一種服裝款式，被Grunge——九〇年代早期的搖滾樂——樂迷所喜愛，其特色就是二手服飾，層層破爛，厚重的鞋子，頭髮不梳理，整體外觀破舊骯髒）。

對綿羊來說，我穿的防雪裝看起來像不像「麵團小子」（譯註：Pillsbury Dough Boy，皮爾斯貝利食品公司的商標——一個頭戴廚師帽的白色小人。該公司以各式冷凍披薩出名），實在無所謂。雞對我戴的帽子連耳罩，又加一個歪一邊的毛線帽在最頂端，甚至懶得眨一下牠們凶惡的眼睛，如果我錯戴兩隻不同顏色的連指手套，馬兒不會討厭我，而我的笨重的帶毛氈邊飾的靴子，可

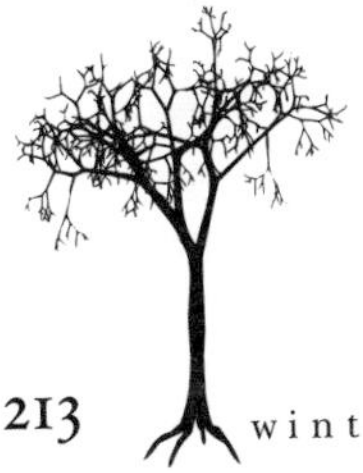

能看上去像工地大拍賣的貨色，但它們在冰上工作時，等於有了厚厚的腳底。

當然，你和動物一起幹活，花大部分時間在穀倉的庭院裡，外衣一定會沾上氣味、甚至動物的痕跡，你必須接受這種事實。不知怎的，總有一隻落單的雞，棲息在穀倉的椽木上，試圖（或說陰謀）出其不意地筆直飛下來，降在我的毛線帽或我身上；期待著飼料的綿羊，會相當直接地把身子蜷靠著提著桶子的人。

馬也是一樣。我正幫牠們梳著糾結的鬃毛，牠們就轉過頭過來，把剛才痛快喝水、還濕答答的嘴唇擦在我身上，毫無歉疚感。

外衣在農場上具有心臟地位，但鄉間冬季服裝的主力，則絕對非內衣莫屬。特別是長的內衣內褲。

我住都市時，對買長內衣褲是想都不曾想過的，可是在鄉間，一個女子若沒有長內衣褲，那就等著變棒棒冰啦。一直到住到鄉下以後，我才對坊間各式長內衣褲有點概念。我心裡還停留著那種卡通概念式連身的長內衣，後面開個襠，對女性好像永遠不太真實的樣子。

現今，長內衣褲水準先進，兩件式的、色彩協調的、還有瑪丹娜可以考慮到南極演唱時穿的，有精梳棉的、羊毛的、印著小雪花圖案的、帶花邊的、滑溜溜的絲質內衣，或牛仔布的。

中等厚度的內衣，在一般的冷天穿；還有探險隊份量的，在嚴寒的天氣穿。如果碰到只穿一套長內衣內褲不夠的冷天，還有羽毛保溫式長內衣褲可以穿在外層。

你甚至能看到有許多頁長內衣廣告的型錄，他們賣那種可以將濕氣隔絕在你身體外的內衣，還有做成兩層式的內衣，這樣你就不必費事穿兩次。

近來，最迷人的新產品莫過於「熱條保溫裝置」，它是用一些太空材料綁在身體的皮膚上，根據胖瘦固定好，插上一組隨身電池，「熱條」會讓你暖得像在蒙特色納島（譯註：加勒比海東部小安地列斯群島背風群島中的一個火山島）被炙曬了一般。

當然，你在「熱條」外還要穿上層層衣服，以免人家以為你是瘋狂的裸體主義人士，或是在南極表演的瑪丹娜。廣告說它是「寒氣殺手」，但不知為什麼，我還是寧願任何天氣都信任長內衣褲，至少它不必充電。

長內衣褲猶如襪子，你可多穿幾層或少穿幾層，但穿褲襪或緊身內衣就沒那麼方便，由於只有你知道內衣下面還有什麼，因此長內衣褲還是有其性感之處。

我照鏡子時會記得這點。

憶老楓樹

過去，在我牧場中央的小圓丘上，有一棵四層樓高的楓樹，俯視著穀倉的庭院。

那是一棵威風挺直的樹。夏天，綿羊會聚集在它大大的樹基上，牛和馬會在它粗粗的樹皮上蹭來蹭去。春天，烏鴉棲息在樹枝上。秋季，成群的加拿大雁掠過樹梢，牠們是如此接近，撲翅膀的聲音會把金色、紅色的葉子振到地面。冬天，它光禿禿的輪廓毅立著，抵擋落下的雪花。偶爾，它裹著冰，在晨光中閃閃發亮。

兩年前，一次殘酷的暴風雨，讓它被閃電擊中。那個晚上，只有我和狗在家，雷聲大到連窗戶都格格作響，閃電的分叉在天空留下條痕。屋子外頭，庭院被照亮得好似電影佈景。我看見一道電光擊向花園的土地，距廚房只不到三十公尺，我套上了橡膠靴子。

外婆有次告訴我，她曾在有閃電的暴風雨來襲時削馬鈴薯，一道電光落在窗戶外面，射穿了農莊的牆壁，越過地板，一直到達她所站著的位置。她很幸運，由於暴風雨開始時，她剛從花園回來，腳上還穿著橡膠靴。或許這沒有科學根據，但她總宣稱那兩條「船」救了她的命。因此我若能穿著忠實可靠的橡膠靴度過暴風雨，總會感覺比較穩妥。

就在暴風雨最猛烈的時候，停電了。我在黑暗裡被狗兒絆跌著，去找火柴來點蠟燭，一道巨大的閃光點亮了庭院。

我才瞥到閃電，老楓屬樹便被炸毀了。那束光具有超自然的神秘感——紫色和藍色的光影，襯底是銀綠的樹葉。地似乎在發抖，隨著連續的雷聲，我可以聽見楓樹發出大而悲哀的咯吱聲。早晨，我發現閃電擊中樹頂。

整個夏天，老楓樹還有葉子，入秋，葉子轉成金色，而到了冬天，損傷變得十分明顯。閃電劈開的樹枝已被剝光了樹葉，現在一切歷歷在目，它們難堪地懸吊在堅忍的老幹四周。

那年春天，老楓樹只有一邊長著幾片零星的葉子，其餘部分都光禿禿的。我知道在我心最深處，它已逐漸凋零。一棵枯樹是一個危險的東西，它在地上站立不穩，看它的人會產生不安感，因此我打電話請鋸樹的約翰來。

約翰帶著鏈鋸從卡車鑽出來，那鋸子絕對可以讓「德州鏈鋸屠殺」（譯註：Texas Chainsaw Massacre，黑色喜劇片，後來拍出三部續集）中的大反派老萊德菲斯忌妒不已。約翰鋸大樹的底部時，兩個男人用繩索拋錨支撐著，並仔細的把木頭裡的小木片弄出來，以確定樹倒下時不致傷到籬笆或任何生物。

就在鏈鋸聲靜止下來時，風向變了，把樹向後推，就倒在鋸子上。工人們頗擔心鏈鋸是否能恢復作用，但我覺得這表示老樹想拖延不去。它沒那麼容易倒下，它要以它自己的速度倒下。

我看著樹終於倒下。那聲音我記不得了，只記得工人們在跑，天空似乎突然有一個裂開的口。約翰把樹鋸成木柴，我留了一大塊厚木板，做為花園的凳子。

牧場上的殘幹讓我難過。夏天晚上，大綿羊依舊湧上去睡覺，小綿羊則在月光下把它當做跳板，馬兒已把感情轉移到一棵我以前沒注意過、較年輕的楓樹上，那似乎是一棵滿有潛力的樹。

這個冬天，我對老楓樹做了最後的告別。當時我是要找一塊大而重的木頭，希望能整夜都燒得暖和，我轉身去堆木料的地方，在堆疊那些新砍下的殘幹時，掉了幾滴淚。

木頭現在已經乾燥了，燃燒時發生的爆裂破壞了偉大的年輪，樹的汁液曾從那裡流出來。晚上，我在爐子裡添加楓木，睡得十分舒服。到了早晨，剩下的就只有灰燼。

這樣四層樓高的楓樹，要花比我餘生還長的時間才能長成，但只要一個月的寒冷，就可燒完它獨特的美。我想，春天時我要重返樹林，尋找合適的樹苗栽在風化了的殘根旁，小圓丘值得另一棵好樹，或許我種的樹，能讓將來瞻仰它宏偉的人快樂，就像那棵離我而去的老楓樹，曾帶給我快樂一樣。

國家圖書館出版品預行編目資料

農莊生活樂陶陶/瑪莎・波頓(Marsha Boulton)著；薛楨麗 譯. -- 初版. -- 台北縣新店市 ： 高談文化, 2004【民93】
面； 公分
譯自：Letters From the Country
ISBN 986-7542-19-3（平裝）
885.36　　　　92022892

農莊生活樂陶陶

作　者：瑪莎・波頓
譯　者：薛楨麗
發行人：賴任辰
總編輯：許麗雯
主　編：劉綺文
編　輯：呂婉君
行　政：楊伯江
出　版：宜高文化
地址：台北市信義路六段29號4樓
電話：（02）2726-0677
傳真：（02）2759-4681
製版：菘展製版　印刷：松霖印刷
http://www.cultuspeak.com.tw
E-Mail：cultuspeak@cultuspeak.com.tw
郵撥帳號：19282592高談文化事業有限公司
圖書總經銷：成信文化事業股份公司
電話：（02）2249-6108　傳真：（02）2249-6103
行政院新聞局出版事業登記證局版臺省業字第890號

2004年1月出版
定價：新台幣220元整

廣告回函
台北北區郵政管理局登記證
北台字第12746號

高談/宜高文化 讀者回函 收

地址：台北縣新店市中正路566號6樓
電話：（02）2726-0677 傳真：（02）2759-4681
E-MAIL:cultuspeak@cultuspeak.com.tw

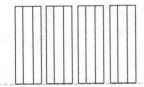

地址：
姓名：

請沿虛線剪下，填妥寄回即可，免貼郵票

《農莊生活樂陶陶》

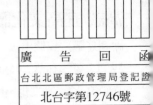

高談/宜高文化讀者回函卡

謝謝您購買我們出版的好書！為提供更好的服務，請填寫本回函卡並寄回給我們（免貼郵票），您就成為高談文化音樂館的貴賓讀者，可以不定期獲得高談文化/宜高文化出版書訊，並優先享受我們提供的各項優惠活動！

書名：農莊生活樂陶陶

姓名：＿＿＿＿＿＿ 性別：□男□女 生日：　年　月　日

通訊地址：＿＿＿＿＿＿＿＿＿＿＿＿＿＿＿＿

e-mail: ＿＿＿＿＿＿＿＿＿＿＿＿＿＿＿＿

電話：（　）＿＿＿＿＿＿＿＿＿＿＿＿＿＿＿＿

身分證字號：＿＿＿＿＿＿＿＿＿＿＿＿＿＿＿＿

您的職業：□學生 □軍警公教 □服務業 □家管 □金融業
□製造業 □大眾傳播 □SOHO族 □其他

教育程度：□高中以下（含高中）□大專 □研究所

購買書店：＿＿＿＿＿＿＿＿＿＿＿＿＿＿＿＿

您從何處得知本書消息（可複選）：

□逛書店 □報紙廣告 □廣告傳單 □報章書評
□廣播節目□親友介紹 □網路書店 □其他 ＿＿＿＿＿＿

您通常以何種方式購書？

□傳統書店 □連鎖書店 □便利商店 □量販店
□劃撥郵購 □信用卡訂購 □網路購書 □其他 ＿＿＿＿＿＿

請針對下列項目為本書打分數，由高至低（5-1分）。

	5	4	3	2	1		5	4	3	2	1
1.內容題材	□	□	□	□	□	2.編排設計	□	□	□	□	□
3.封面設計	□	□	□	□	□	4.翻譯品質	□	□	□	□	□
5.字體大小	□	□	□	□	□	6.裝訂印刷	□	□	□	□	□

您對我們的建議：

請沿虛線剪下，填妥寄回即可，免貼郵票